たのね？」
かにアイン様が
ずなんですが……」
を見て、
は不安で表情を暗くした。
「アインに何かあったんですか？」
謁見の間にて
魔石グルメ 5
魔物の力を食べたオレは最強！
maseki gurume
mamono no chikara wo tabeta ore ha saikyou!

ホワイトナイト城内にて
クリス
王族の専属護衛を務める秀麗なエルフ。少し抜けたところがある。
クローネ
ハイム王国大公家の元・ご令嬢で、現在はアインの補佐官を務める。

しばらくしてから謁見の間を出ると、
そこにはアインを待っていた者たちが居た。
クリスにクローネ、そしてマーサの三人だ。
――じー……。
こんな効果音が聞こえてきそうな
視線がアインに向けられる。
マーサ
いつも落ち着いた雰囲気のベテラン一等給仕。
アイン
転生特典スキル【毒素分解EX】の果てに、魔王へと進化した王太子。

アインが宙に手をかざすと。
何もない空中に、キキッ、キキッ――と
凍り付く音を奏でつつ何かが現れる。
一秒、また一秒と時間が経つにつれて
明らかになった形は海龍のようだ。
「色々と興味深い力みたいだニャ」
カティマ
イシュタリカ王国の第一王女
で、自由奔放なケットシー。

魔石グルメ

魔物の力を食べたオレは最強！

結城涼
ILL. 成瀬ちさと

5

maseki gurume
mamono no chikara wo tabeta ore ha **saikyou!**

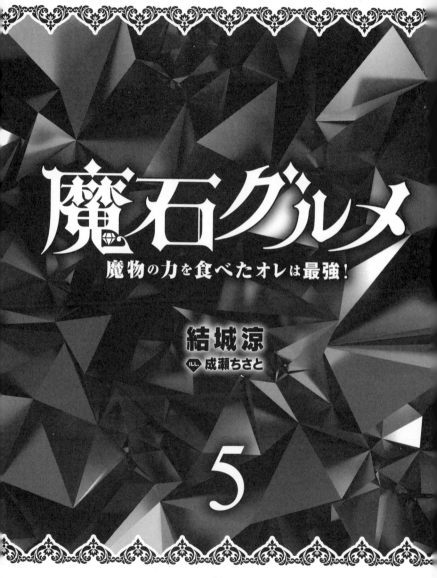

口絵・本文イラスト
成瀬ちさと

装丁
coil

contents

maseki gurume
mamono no chikara wo tabeta ore ha **saikyou!**

プロローグ

アインは夢を見ていた。

魔王城での騒動から数時間後、王都へ向かう水列車内のベッドの上でだ。

夢の中でアインは、一人の傍観者としてそこにいた。

――暗く湿った洞窟《どうくつ》の中。

どうして生まれたのか、なぜ生まれたのか、彼は考えても考えても理由が分からなかった。

自我に目覚めてから数時間で彼がしたことと言えば、自分の身体《からだ》を確認することだけ。それ以外はただ岩に身体を預けていただけだ。

「ア、ア……」

声を発する。彼にとっての産声だ。

ところで、ひどく身体が重く腹が空《す》いていた。また、状況が全く分からず怖れを抱き、言葉にならない泣き声で助けを求めていた。

「はじめまして、小さなスケルトン君。……まだ言葉は分からないみたいだけど」

聞こえてきた女性の声に彼は身体を動かした。彼が一人ではなくなったことを密《ひそ》かに喜んでいると、急に現れた彼女はローブの内側を漁《あさ》り、いくつかの魔石を取り出す。

「召し上がれ。お腹《なか》空いたでしょ？」

それが食べ物であると本能で察することができた。

彼の身体は重かったが、体力を振り絞って魔石にかぶりつく。

味は感じない、食べた石はポロポロと骨の間をすり抜けて落ちていく。だがそれでも噛《か》み締《し》める度に、言葉にできぬ充実感が全身を包み込んだ。

先程まで感じていた身体の重さがない。それどころかすごく軽く感じる。

「奴隷《どれい》の子かしら。こんなに小さな子がこんなところに一人でいるわけがないもの。昨夜の地震で洞窟が崩れてしまって、瘴気《しょうき》にまみれて魔物になっちゃったのね」

女性が何か口にしているが、その内容を彼は理解できなかった。

「可哀《かわい》そうに。一人ぼっちにされちゃったのね」

彼女はそう言って彼を抱きしめる。

カランカランと骨がぶつかり合う音が洞窟に響いた。されていることの意味は分からないが、なんとなく温かかった。

「一緒に行きましょう。場所は決まってないけど、一人でいるよりはきっと寂しくないわ」

「…………?」

「私はミスティっていうの。いつもは家名のシルビアと名乗ってるのだけど、どうせあまり使うことのない家名だから、貴方《あなた》はミスティって呼んで」

傍観者のアインはそういえばと思い出す。確かカティマが持っていた古い本には、エルダーリッチ・シルビアと書かれていたと。

つまり、彼女の本来の名はミスティ・シルビアと言うのだろう。

――洞窟を出てから二人は長い距離を歩いた。

何日もかけて山を越え、何日もかけて川を渡り、何日もかけて大きな森にたどり着いた。もう何か月の月日が過ぎたのか分からない程、二人は一緒に旅をつづけた。

「今日はもう休みましょうか」

彼はその言葉を聞いて、白骨化した身体を横にした。

身体は以前に比べて丈夫になり、少し大きく成長していた。今日まで多くの魔石を食べて来たからか、言葉を発することができるまでの成長も遂げている。

「あい……！」

彼は寝つきがいい。数分もすれば寝入っているのがミスティにも分かった。

「いい子ね。……あ、そういえば名前も考えてあげなきゃ」

魔物が名を持つことには意味がある。進化の先が広がるのだ。

名前があるだけで強くなるわけではないが、将来性が広がるという意味では重要な儀式だった。

唇に指を押し当て考えること十数分。

「ラムザ、っていうのはどうかしら」

すぐ隣で寝ているい小さなスケルトンを見て、彼女はそう呟《つぶや》いた。

◇◇◇

また途方もない時間が過ぎたある日のことだ。

「はぐはぐはぐはぐっ！」

二人の目の前で、銀髪の少女が勢いよく魔石を頬張《ほおば》っている。

周囲には干し肉や果物など、二人が旅の際中に用意した食べ物が並んでいた。

「ほんと、よく食べるわね」

「なぁミスティ、この子はなんていう種族なんだ？」

「夢魔……かしら？　それにしては身体がまだ小さいわね」

「はぐはぐはぐはぐっ……勘違いしないでほしい。私は可能性の塊。きっとすぐに大きくなる」

「そ、そう……それはごめんなさい。でも、どうしてこんなところに一人でいたの？」

「私には尻尾《しっぽ》がない、羽もない。だから捨てられた……それだけ」

確かに、一見すれば普通の人間と思えないこともない。

「どういうことだ」

「別に。普通の夢魔じゃないからってママに捨てられただけ。他に理由はない」

以前ラムザにしたときのように、ミスティが夢魔の少女に慈愛を向けた。

「貴女《あなた》も一緒に行きましょうか」

「ふぇ……？　行くって私が？　何処《どこ》に？　一緒に？」

思わぬ言葉に、夢魔の少女が困惑した。

しかし期待を抱き、されど期待が外れた際に悲しむことを嫌い警戒した表情を浮かべている。

「貴女、お名前は？」

「……そんなのあるはずがない」

「ミスティが付けてやればいいさ。俺にしてくれたみたいにな」

そうして三人は歩き出した。

ラムザが前を進み、ミスティは夢魔の少女の手を引いて歩く。

「なら、アーシェってのはどうかしら？」

その言葉に対し夢魔の少女――――アーシェは目を輝かせて頷《うなず》いたのだった。

◇◇◇

アーシェは人見知りだ。あとは寝ることが大好きで好き嫌いが多いが、欠点ばかりではなく、一つだけ特別な才能がある。彼女は強くなることの才能に恵まれていたのだ。

それは魔物たちにとっては何よりも重要で、得難い特別な才能だ。

「いや無理……意味分かんない、私じゃなくていいと思う」

こう言ったのはアーシェだ。

今まさに彼女は、ある転換点に立とうとしていた。

「ミスティお姉ちゃんが適任だと思う。外見も、あと厳しい性格も」

「晩御飯はいらないみたいね」

「ピ、ピィッ⁉」

「なんだその鳥みたいな鳴き声は……だが、仕方ないだろ。魔王のお前がこの町の長になるべきだ。俺たちが救った者たちがそれを願っている」

「知らない。きっと何かの間違い。うん。きっとそう」

「お前はじめて会ったとき、『自分は可能性の塊』とか言ってた気がするが」

「何のことかさっぱり分からない」

ツーン、としらばっくれる彼女を見て、ラムザは頭を抱えた。

「必要となる仕事は私とラムザがするから、アーシェは玉座に座っててくれればそれでいいわ」

「本当？　嘘《うそ》つかない？」

「私がいままで嘘ついたことあったかしら」

「入ってないって言ってたのに、お菓子の中にしれっと野菜を入れられてたことがある」

「何のことかさっぱり分からないわ」

考えているような顔をして、明後日《あさって》の方向を見るミスティ。

「しらばっくれても無駄。私の記憶力はいい」

ではどうして自身の発言を覚えていないのか、という問いをラムザは飲み込んだ。

しかし最後の後押しが効いたのか、アーシェはついに頷く。

「でも、なんで私なの？　私はただの夢魔。ラムザお兄ちゃんみたいにデュラハンに進化したわけでもなくて、ミスティお姉ちゃんみたいにエルダーリッチでもない。失敗してお兄ちゃんとお姉ちやんに嫌われたらって考えると、死にたくなる」

「私たちは家族なんだからそういう心配は――――そうね。今更だけど、どうせなら家名も付けちゃいましょうか」

「ん、ミスティにはもうあっただろう」

「使ってないような、気まぐれで付けた意味のない家名ならね」

ところで魔物という存在は、基本的に自分たちの家名を持たない。希薄な関係だらけで、家族という形に憧《あこが》れを抱くことが少ないからだ。しかし、ここに居る三人はそれに該当しない。

「新しく俺たちの家名をってことなら賛成だ」

「ア、アーシェも！　アーシェも賛成！」

「じゃあ私が考えようかしら。二人はこの大陸の名前を覚えてる？」

「知ってる！　イシュタル！　誰《だれ》がそう呼びはじめたかは知らないけど、そう呼ばれてる！」

彼女も言ったが、いつの間にかそう呼ばれていた。

今では魔物だけでなく、人間たちにも広く伝わっている呼び名だ。

「神様の言葉で家族はリクァって言うの。せっかくだもの、神様の言葉を借りましょうか。……でも、リクァじゃちょっと言いづらいから、リカにして」

ミスティの前に立つ二人は、これまでにないほど気分が高揚していた。

名実ともに家族となれることに、どんな宝石にも負けない価値を感じていたのだ。

「決めたわ。私たちの家名は――――」

アインが見ていた光景が白く霞《かす》んでいく。

最後にミスティが何を言ったのか、その言葉はアインの耳に届くことがなかった。しかし、それでもすぐに察しが付く。

彼女が口走った言葉とは、まさにイシュタリカの長い歴史のはじまりだったのだから。

王太子殿下が大きくなりました

時刻は夜の十時を回ったところだと言うのに、謁見《えっけん》の間はいつもと違い灯《あか》りが灯《とも》されている。

ここに何人かの大人たちが集まって、国王シルヴァードを問いただしていた。

「ですからお父様！　一体何をアインに頼んだのですかッ！」

いつもの優雅さを失い、必死の形相で尋ねていたのはオリビアだ。

珠《たま》のような容姿を持つ彼女は、艶《つや》めく茶髪を揺らしてシルヴァードに詰め寄っている。胸元ではスタークリスタルが揺れ、それを贈ってくれたアインのことが心配でたまらなかった。

「お、落ち着くのだオリビア……ッ！」

しかしこう詰め寄られても、シルヴァードには何も答えられない。

何せシルヴァードに届いた連絡は、バルトに寄ってくるから遅くなる。オリビアたちには黙っててほしい、こんな内容だったからだ。

「陛下」

つづけて彼に語り掛けたのはクローネだ。

「クローネよ！　お主からもオリビアに言ってくれぬか！」

余も何も知らぬのだと、そう告げる前にクローネが言う。

「恐れながら陛下、アインに何を命じたのですか？」

もしかするとクローネならば……そう思ったが、彼女も同様にアインを心配している。

顔つきは冷静ながら、どうも言葉に棘《とげ》がある。

彼女は自慢のシルバーブルーの髪を大きく靡《なび》かせて、剣呑《けんのん》な足取りでシルヴァードとの距離を詰めていた。

白磁のように美しい肌に映える紫水晶《アメジスト》の瞳《ひとみ》が、真っすぐに向けられる。

そこには、思わず視線をそらしたくなるほどの迫力があった。

「いやはや陛下。なかなかに大変そうですな」

「ウォ、ウォーレンよ！　そう苦笑してヒゲをさすらず、お主からも何か……ッ」

「残念ですが私も何も聞いておりません。ですのでどちらかといえば、お二方の味方ですな」

宰相の彼も味方ではない。

くっ――――あの王太子は何をしておるのだッ！

バルトから出発するならば、もうそろそろつくはず。シルヴァードがそう思ったところで、謁見の間の扉が開かれた。

「み、皆さま、こちらにいらっしゃいましたか」

入室したのは、一等給仕のマーサだ。

急いできたのか、息を整えながら慌ただしい様子である。

「おお、マーサよ！　急にやってきてどうしたのだ？」

渡りに船とはこのことか。

シルヴァードは突如やってきたマーサに近寄り、いつもより砕けた様子で話しかける。

「その……アイン様がお戻りになられました…………のですが」

最高の知らせだった。

「アインが戻ったのね？」

と、オリビアが食い気味に言う。

「は、はい。確かにアイン様が戻った……はずなんですが……」

歯切れが悪いマーサを見て、オリビアとクローネは不安で表情を暗くした。

「もしかして、アインに何かあったんですか？」

「何と言いますか……大きくなってる、と言いましょうか……」

謁見の間に居た皆は、まったく意味が分からなかった。

皆が困惑しているとマーサが「実際に御覧になるべきかと……大広間にてお待ちしておりますので、皆さまいらしていただければ」と口にして、足早に去っていってしまう。

アインが帰ったことは分かったが、何があったのか全く理解が追い付かない。

皆が自分の目で確かめようと、謁見の間を出て大広間へと向かっていった。

◇◇◇

時刻は少し遡《さかのぼ》る。

王家専用水列車が王都に戻って間もない頃《ころ》、アインがホワイトローズ駅に降りた時のことだ。

（さっきの夢って）

夢に出てきた名前から察するに、デュラハンとエルダーリッチの記憶のはずだ。

だとすれば、魔王アーシェの性格は穏やかそのものだった。少なくとも、あの少女が本心から大陸全土に災厄をもたらすとは思えない。

「――やっぱり、彼女は意図的に暴走させられたんだ」

かみしめるように呟《つぶや》いて、ズボンのポケットに手を入れる。

しまっていた桜色のスタークリスタルに触れて、昨日《きのう》までの事が夢ではなかったと再確認した。

「アイン様、何か仰《おつしや》いましたか？」

と、口を開いたのは専属護衛のディルだ。

「ううん、なんでもないよ。……いやー、やっと帰ってきたね」

「予想外に長旅となりましたからね。何故《なぜ》そうなったのか、とは申しませんが」

「わ、分かってるって、今度から自重するから！」

ところで、アインは歩いているだけで新鮮さを感じていた。

魔王化により身体《からだ》が大きくなったことがその理由だ。歩幅が違うし、何よりも視線の高さが全く違う。歩きなれたホワイトローズ駅が、いつもと別の場所に見えてくる。

「ひとまず、急ぎましょう」

「だね。王都の人たちに今の俺を見られるのはまだ――」

「残念ですが違います。陛下をはじめとする、城でお待ちの皆さまのご心労のためにです」

「……大いに急ぐとしようか」

二人は急ぎ足で構内を出る。

外に用意されていた馬車へと、身を潜めるようにして乗り込んだのだった。

――――城についてからはいつもと違う視線を浴びた。

というのも、今のアインの姿が原因だ。

一体あれは誰だ？　と、城に仕える者たちが目を白黒させていたのだ。ディルの隣を歩く者はオリビアに似た容姿で、アインのようでもある。もしも成長したアインの姿だと言われれば、素直に納得できるような外見で――――イシュタリカ王家の者としか思えない。

しかしそんな王族は居ない。だから困惑していたのだ。

アインは運んで来た荷物を床に置いて言う。

「マーサさんいる？」

彼が発した少し大きな声は、まさにアインのそれだ。

ただ、先日耳にしたはずの声より若干低く、軽く声変わりしたような印象を受ける。だが聞き間違えるはずもないアインの声だった。

すると城内のどこかから、あっという間にマーサがやってきたのだが。

彼女はやってくるや否やアインに頭を下げると、すぐに息子のディルを見た。

「お帰りになったはずのアイン様はどちらに？」

「私の隣にいらっしゃいます」

何を馬鹿なことをと一蹴《いっしゅう》することは出来ない。

そもそもマーサは、やってきてすぐにアインを見て「まさか」と思っていた。けれども現実離れした現象に対し、すぐには理解が追い付かなかった。

「まさか本当にアイン様とは……」

「いろいろあって大きくなっちゃったんだよね。詳しくはお爺様《じい》に話してからで」

「何が何だかさっぱり分かりませんが……承知いたしました。ただ一つ分かるのは、今のアイン様にはお着替えが必要ということでしょうか」

アインの足元や手元を見れば、明らかに丈が足りていないのが分かる。

「それも頼もうかな。それとお爺様たちに、俺が帰ったって伝えてきてもらっていい？　俺はここで荷ほどきでもしてるから」

彼は疲れた様子だったが、それでも今まで通りのような笑い方をしてみせる。

「あとは髪の毛結ぶ紐《ひも》とかも貰《もら》えると助かる。伸びすぎちゃって困ってるんだ」

髪の長さはまるでオリビアのように長い。

顔つきと相まって、化粧でもすればオリビアが二人いるように見えるかもしれない。まだ少年らしさが面影として残っていたが、目を細めるだけで少しの色っぽさがあった。

「ではお伝えして参ります。髪を結えるものもお持ちしますので、少々お待ちくださいませ」

「ん、りょーかい」

アインは足早に立ち去るマーサの後姿を眺めてから、運んできた荷物に目を向けた。

荷ほどきをしながら口を開く。

「あ、そういえばディル」

「なんでしょう?」

「今度暇な日でいいからさ、買い物付き合ってよ」

唐突なアインの言葉に、ディルは荷物に伸ばしかけていた手を止めた。

「喜んでお供いたしますが、どういった買い物でしょう」

「身体が大きくなったから服欲しいんだよね。だから一緒に来てくれないかなって思って」

「それでしたら、私がいつも使ってる店を紹介いたしましょう」

二人はいつも通りに振舞っていた。その様子がまた周囲の者からすれば不思議で、何があったのか心の内で探っているのは致し方ないことだろう。

誰一人として答えが得られなかったその場に、一人の佳人が足を運ぶ。

「アイン様！　お帰りで――――」

そう言ったのは、アインとオリビアの専属護衛を務めるクリスだ。

蒼玉色《サファイア》の瞳はどんな宝石にも勝り、先日、アインが月の女神と称《たた》えた美貌《びぼう》の一端を担ってる。以前と違い髪を下した彼女が、金糸の髪を揺らしてやってきたのだ。

「お帰りです…………か…………？」

彼女に尻尾《しっぽ》があれば、勢いよく振り回していただろう。

それぐらいアインの帰城を喜んでいたのだが、勢いがよかった足取りはアインに近づくにつれて穏やかになって、数歩の距離になると困惑した様子で立ち止まる。

久しぶりに帰宅した主《あるじ》を見る猫のように、微妙な距離を保ったのだ。

「ただいま、クリス」

少し遅れてごめんね、と申し訳なさそうに目を細めてアインが言う。

「……あ、あれ？　アイン様……ですか？」

「うん。アインだよ」

アインは荷ほどきをやめてクリスに近寄った。

近づいてきた彼は、どこをどう見ても今までと姿が違う。クリスがたじろいでしまうのは当たり前のことだった。

「どうしておっきくなって……髪の毛も伸びて」

二人の身長差は最近でも大差がなかった。

でも今はアインの方が明らかに背が高いのだ。

「色々あってこうなっちゃったんだけど、変かな？」

と言葉を返したアインのことを、クリスはまばたきを繰り返しながら見上げていた。

「凛々《りり》しくなられましたし……素敵だと思います……。でもその、本当にアイン様か心配になっちゃって」

「この服は俺がいつも着てた服でしょ？　それに剣もほら」

身振り手振りで証明したアインはいつもの笑みを浮かべている。

「もっと近くで拝見してもいいでしょうか」

「十分近いと思うけど、いいよ」

もう二歩ぐらいしか距離がなかったのだが。

しかしクリスは更に距離を詰め、数センチまで近づいた。

「すん……すん……」

え？　彼女の振る舞いにアインが口を半開きにして驚く。

彼の目が正しいならば、クリスは目よりも鼻を働かせていた。顔をアインの胸元に近づけて、周りの目線を気にすることなく鼻を利かせていた。

拝見すると言ったのは何だったんだろうか。

クリスの吐息が胸元にかかって少しくすぐったい。

「うん、うん」

クリスが納得した様子で頷《うなず》く。

「本当に――本当にアイン様だったんですね⁉」

すると嬉《うれ》しそうに顔を上げて、ようやく本当にアインだと信じるに至った。

（それで分かっちゃうのか……）

数日見ない間にクリスが忠犬レベルを更に進化させたようだが、こうした判別方法があるとは思わなかった。

間もなく新たな者たちの声が届く。

「おお、アイン！　やっと戻っ――」

やってきたシルヴァードたちが見せた驚きは、クリスに負けず劣らず見事なものだった。

◇　◇　◇

「ここならよかろう」

謁見《えっけん》の間の更に奥にある小部屋に入ったところで、シルヴァードがため息交じりにそう言った。

「結構強引に連れてこられましたけど、お母様たちはいいんですか？」

「余がアインを強引に連れ出した時点で非難囂囂《ごうごう》であったな。皆がアインの帰りを待ち望んでいたのだから致し方ないことではあるが、余も事情を尋ねねばならん。皆のことはアインが取りなしておくのだぞ。すべてお主の責任であるのだからな」

「はい、すみません」

アインは軽く頭を下げて謝罪した。

つづけてマーサから受け取った髪留めで髪をまとめた。

「すべて話せ。どうして勝手な行動をしたのか、どうして身体《からだ》が大きくなったのか……いくら時間が掛かってしまってもよい。隠すことなく教えよ」

シルヴァードは疲れた様子でソファに腰を下ろす。

その姿を見て、随分と心労をかけてしまったとアインは深く反省した。でも今回の調査は必要だったし、十分な成果も得られている。

――――が、すべて話すことに少しだけ抵抗があった。

(初代陛下は自分のことを隠したがってたんだ)

なぜ魔王領に埋葬されていたのか。誰が埋葬したのかも分からないが、少なくとも、初代国王ジェイルが旧魔王領の生まれだなんて記録はない。

つまり彼が自分自身で隠すと決めた、こう考えるのが道理だ。

でも話さないわけにはいかない。国王であるシルヴァードにも告げるべき話だからだ。

「今から話すことは、俺とお爺様だけの秘密にしてください。――――確信に至ったのは先日、初代陛下の墓前に参ったときのことでした」

こうしてアインは語りだす。

なぜ自分が旧魔王領まで行くと手紙を送ったのか。そしてどのような行動をとったのかを。

シルヴァードは静かに耳を傾けた。

彼は時折、険しい表情を浮かべてため息を吐《つ》くこともあったが、一切口を挟まず黙ってアインの言葉を聞いていた。

つづけてアインは何があったのか口にする。

夢の世界でデュラハンとエルダーリッチに会ったこと。魔王城の造りがこの城と瓜二《うりふた》つで、同じく作られている王家墓地に、初代国王の本当の墓石があったことを。

そしてマルコとの一騎打ちをしてきたことも伝えた。

「確かに他言ができぬ。余以外の誰にも教えるべきことではないな」

「……ですが、勝手な行動をしたことはお詫《わ》びいたします」

「うむ。此度《こたび》の王家専用水列車の件然《しか》り、責任の所在はアインにある。が、今はそうした話をする余裕はない。アインの調べたことが事実ならば、我らイシュタリカの真の初代陛下は、魔王であるということに他ならん」

彼が困惑するのは仕方ない。

イシュタリカに住まう者のすべてが敬意を表していると言っても過言ではない初代国王が、魔王と血縁関係、あるいは近い関係にあったと聞けば頭が上手《うま》く働かない。

「まさかその剣がこうした結末を生むとはな」

アインが携える剣を見て、複雑な感情を抱くシルヴァード。

「お爺様は知らなかったんですよね？　初代陛下の墓石には、初代陛下が眠っていないという事実なんて」

「聞いたこともなければ記録もない。無論、余の父である先代国王も同じはずだ」

魔王アーシェの暴走は多くの被害を与えた。

数多くの命が失われ、数々の傷跡を残してきたことも事実だ。だからこそ、イシュタリカに混乱を与えないためにこの事実を隠したのだろうか。

「もう一度伝えておく。今の話はすべて他言無用だ」

「分かっています。これ以上はお爺様の判断にお任せします」

「そうしてくれ。後世に伝えるかどうかはいずれ、余とアインで議論する」

「承知いたしました」

「ところで、同行していたディルはどこまで知っておる」

「お爺様にお伝えしたような情報は何も。ただ、マルコさんとの戦いはすべて見ています」

「なればこの後に余が話そう。此度の件で知ったすべての口外を禁ずるとな。何せことは公にできない。となればアインが調べたことに対する報酬も出せぬ」

「構いません。代わりに、私の独断行動を見なかったことにしてくださるんですよね？」

アインの返事に、シルヴァードが「ふっ」と笑って言う。

「相変わらず聡《さと》いな」

「お爺様の傍《そば》で学んでおりますので」

万が一罰を与えようものならば、その理由を公開する必要がある。そうなれば、アインが何処《どこ》で何をしていたのかも公開する必要が生じるのだ。

だから最善の策は、すべてなかったことにすることだった。


ようやく初代国王に関しての報告が終わったが、シルヴァードは休む暇もなく尋ねる。

「では次だ。なぜ身体が大きくなったのか説明せよ」

聞かれて当然なのだが、あわよくば今日だけは話が流れないかと期待もした。

さすがにステータスカードの件を思えば、答えることは初代国王に関しての報告より、躊躇《ちゅうちょ》してしまう。

「何を迷っておる。ここまで来たら今更であろうに」

重苦しそうに頷いたアインが懐を漁《あさ》り、きつくなった服からステータスカードを取り出した。

「これに理由が書いてあります」

もう一度深いため息を吐《つ》き、シルヴァードは顔を下げたままアインに手を差し出した。

彼は「見せるのだ」と短く言うと、ひったくるようにステータスカードを受け取り、恐る恐る目を向けた。

まずは名前を見て、やがて視線を下げ。

「ッ――――」

ジョブと書かれた欄を見て息をのんだのだ。

「余は……余は夢でも見ておるのか？」

視界に映し出された魔王の文字に目を見開いた。ジョブに加えて、スキルの欄にも確かに魔王と記載がある。

ついでに言うと眷属《けんぞく》というスキルも追加されている。

これについては、マルコの魔石を吸収したことによる影響のはずだ。

「ふざけておる。これは何ともふざけた話だ……ッ」

先程の情報ですら管理が難しいというのに、今度は魔王かと。

「意識はどうなのだ！　何か違いは⁉」

「それが全くもって同じというか……あ、でも一つ違うことがあって」

何かに気が付いたようなアインの表情に対し、シルヴァードの緊張感が最高潮に達した。

「何か危険な衝動でもあるのか⁉」

「いやあの、服小さくなったんで新しいのが欲しいです」

するとシルヴァードは瞳《ひとみ》から光を失った。

そして立ち上がりアインの隣にやってくる。アインが不思議そうに見ていると、突如、拳《こぶし》を大きく振り上げて。

「ふんぬァアアアッ！」

鉱石のように固い拳がアインの脳天を強打する。

「いっ……痛《い》ったぁ……ッ⁉　急に何するんですか！」

「体罰は好まないが、能天気すぎる孫には制裁が必要であろう」

「仕方ないじゃないですかッ！　でも本当にきついんですよこれ⁉　窮屈で窮屈で身体が締まってきて苦しいですし！」

「……ふんぬッ！」

「い、痛いっ⁉　どうしてまた拳を⁉」

二度目の鉄拳《てっけん》を下したシルヴァードは、満足そうな表情を浮かべてソファに戻った。

「近日中に何着か揃《そろ》えよ。城に御用商人を呼びつけてもよいし、城下町で買ってもよい」

祖父の鉄拳が凄《すご》く痛い。

頭を撫《な》でるとたんこぶが出来ているようで、徐々に熱を持ってきたのが分かる。

「ついでに髪の毛も切ってしまえ。オリビアのようで美しい髪だが、剣を振るには邪魔であろう」

「はい。そうしようと思います」

「まったくアインは……。偉業を成し遂げたかと思えば魔王になったり惚《とぼ》けたりと。本当によく分からぬ王太子であるな。だがまぁ、今の容姿がアインの成長した姿と思えば、それ自体はなかなか悪くない。いい顔つきをしておる」

そう言われ、アインはふと窓の方を見た。

外見は年齢にすると、四、五歳は歳《とし》をとったように見える。クローネの一つ二つほど年上と思えばしっくりくる容姿であった。

「ですが外見について、お母様たちに何て説明したらいいでしょうか」

「魔王化とは言ってはならん。魔石を吸い、身体が大きくなったとだけ言えばよい。民には力あるドライアドとして、急激な成長を遂げたと告げるとしよう」

つい先日ドライアドとしての成人を迎えたばかりでもあるし、違和感はない。

嘘《うそ》をつくことに心は痛んだが、仕方のないことだった。

「ところで、例の二つのスキルについてだが」

魔王と眷属のことだろう。

「俺にもよく分かってないんです。なので眷属はカティマさんに相談しようかと」

「そうしてくれ。――――で、デュラハンの技は何か使えるようになったのだろうか」

するとアインは精神世界でのことを思い出した。

ミスティがおうちに戻る頃《ころ》には使えるようになってるかも、と言っていたことをだ。あれはもしかしたら、アインが魔王になることを予見していたのかもしれない。デュラハンの力を使うには身体が持たなかったのだろう。エウロ公国への名代の帰りの件がそのいい例だ。

「多分……出来ると思います」

考えるのは先日、自分が纏《まと》った漆黒の鎧《よろい》だ。身に着けていたときの感覚は覚えている。

それを少しずつ思い出すように、アインは徐々に黒い影を手に纏っていく。

無骨ながらも迫力に満ちた、漆黒の鎧がアインの右腕に現れる。腕なのだからガントレット?

鎧とはまた違うのかもしれないが、細かいことはなしだ。

「さすがは魔王であるな」

二人はもう何度目か分からないため息を交わし、この状況に苦笑した。

◇　◇　◇

しばらくしてから謁見《えっけん》の間を出ると、そこにはアインを待っていた者たちが居た。

クリスにクローネ、そしてマーサの三人だ。

――――じー……。

こんな効果音が聞こえてきそうな視線がアインに向けられる。視線の主はクローネで、彼女はまばたき一つしないでアインを見つめていた。

「えっと」

アインが困った様子で見返すも状況は変わらず。

「…………」

真顔で見つめてくるクローネは、いつもより一歩ぐらい離れた距離に立つ。

「あのー……何か言ってもらえないと、心配になるなーって」

黙りこくった彼女は少し変だが、向けられる視線は新鮮だ。つい先日まで目線の高さがほぼ同じだったのに、今ではクローネが見上げる形になっているからだ。

男心にいくらかの喜びを感じていたところで、彼女がやっと口を開く。

「殿下、もう少しお傍に行ってもよろしいでしょうか」

畏《かしこ》まった態度のクローネが、まるで他人に話すかのようにそう告げてきた。

「そりゃ、構わないけど」

するとクローネはその言葉に返事をせず近づいてきた。

そして大胆にも、アインの身体に密着するぐらい距離を詰めるや否や。

「では失礼いたします」

最後はアインの胸元を掴《つか》み、つま先立ちになって首元へと顔を近づけたのだ。

「ちょっ……ッ!?」

熱のこもった仕草に困惑したのはアインだけじゃない。近くのクリスとマーサもそうだった。

まるで抱き合うかのような大胆な振る舞いだ。身体は大きくなろうと中身は一切変わっていない
アインの頬が、瞬く間に上気した。

「すーっ……すーっ……」

首筋、鎖骨と徐々にクローネの顔が下がっていくと、最後は胸元に顔をうずめてしまう。

(なんか既視感が)

冷静さを取り戻したアインは、城に帰ってすぐのことを思い出していた。

まるでクリスと同じじゃないかと。

だがクリスの時とは少し違う。クローネの場合は、深呼吸をする様に呼吸をしていた。密着具合が比じゃなかったのだ。

クローネの目元がトロンとしたと思いきや、彼女は驚いた様子で言う。

「ッ……ほ、本当にアインなのね」

「ねぇ、その確認方法って流行《はや》ってるの?」

まさか連続でこうした判断方法をされるとは思わず、言葉にできない微妙な感情に包まれてしま

った。

城に着くまでもずっと考えてきたことだが、今の服装が窮屈で堪《たま》らない。

しかしサイズの合う服がないのも事実だった。

自室に戻ってきたアインはリビングを抜けて寝室に足を運び、姿見の前に立ってそんなことを考えていた。

「お爺《じい》様に何か借りればよかったかな」

シルヴァードは今のアインよりも身体が大きい。だからアインに合う服を持っていないかと思ったのだが、国王に服を借りるのも何か問題に思えてならない。

「仕方ないか――――あ、マーサさん」

「どうなさいましたか？」

「お母様は最初に会ったっきりなんだけど、どうしてるのかな」

「それは幸せそうにご自室に戻られましたよ」

「……ん!?」

「今までアイン様を他の誰《だれ》よりも愛してきた方ですから。凛々《りり》しくご成長なさったお姿を前にしてしまうと、理性のタガが外れてしまうのではないかと。これまで以上にアイン様を甘やかし……っと、失礼いたしました」

なるほど、と理解できてしまうところがオリビアという女性だ。

アインは口角を上げると、それから服のボタンを外してシャツを脱いで、用意していたバスローブを羽織った。

「そのような用意しかなく申し訳ありません」

「いいって。急に大きくなった俺が悪いんだしさ」

我ながら今の言葉には笑いがこみ上げそうになった。

「来客用の服は用意があるのですが、そちらにお着替えいただくのは憚《はばか》られまして……。明日には何着か用意いたしますので、どうかご容赦くださいませ」

「これはこれで肌触りもいいし、俺は気にしないよ」

「お心遣いに感謝いたします。では、御用がありましたら何なりとお申し付けください」

と、マーサがアインの寝室を後にした。

アインも少し経《た》ってから、リビングの方へと足を向ける。


そこにはソファに腰を下ろしたクローネとクリスの姿があった。

「ねぇ、髪の毛って切っちゃうの？」

「そりゃ切るよ。だって邪魔だし」

「勿体《もったい》ないです！　私は切らなくてもいいと思います！」

「ええ、私もクリスさんと同じで勿体ないって思う」

そんなこと言われても……どうしたもんかと考えながら、アインは二人の対面に腰を下ろす。

「少し触ってみてもいい？」

するとアインの返事を待たずにクローネは立ち上がった。

「まだいいって言ってないんだけど」

「あら、ダメなの？」

「別にそんなわけじゃないけどさ」

「ふふっ、それならいいじゃない」

相も変わらず見惚《みと》れそうな笑みを浮かべ、彼女はアインの隣に腰を下ろした。

最初は楽しげにアインの髪を触っていたが、手を伸ばしてから少し経つと、徐々に表情が変わっていく。

「え、嘘《うそ》……ちょっと待って、本当に？」

「あの、クローネさん？　どうされたんですか？」

「……少し待ってくださいね」

クリスにそう返事をすると、クローネは咄嗟《とっさ》に自分の髪に手を伸ばした。

よく手入れのされた絹糸を思わせるシルバーブルーの髪。それをアインにしたように上から下へと、手触りを確認するように触れていく。

「嘘」

「さっきからなんで驚いてるのさ」

とうとう痺《しび》れを切らしたアイン。

呆然《ぼうぜん》としているクローネへと、追い打ちをかけるように声をかけた。

「いいから！　アインは少し待ってて……。クリスさん、反対側に来てアインの髪を触ってみてください」

「────私がですか？」

「こう、上の方から毛先まで……ゆっくり触ってみてください」

「いいですけど、アイン様は私が触っても大丈夫ですか？」

「いくらでもどうぞ、って言うと語弊がありそうだけど大丈夫だよ」

だからこの髪がなんなんだ、と。

わざわざクリスを呼んでまで触らせたことの意味が分からなかった。

それはさておき、アインの隣にやってきたクリスがそっと手を伸ばした。腰まで伸びたアインの髪はマーサから受け取った紐《ひも》で結われているとはいえ、ソファに乗るほどの長さがある。

最初はゆっくりと触っていたが、やはりクローネと同じく驚きだした。

「黙って触られると恥ずかしいんだけど」

「クローネさん」

「……ええ」

「残念ですけど。本当みたいです」

会話をしながら、二人は納得したように頷《うなず》いた。

「さっきから嘘とか本当とかって、二人して何を納得してるのさ……」

「あっ────ごめんなさい、つい。私たちがどうして驚いてたのかだけど、アイン自身の手で分かってもらう方がいいと思うの」

クローネがそうして右手を差し出してきた。

「俺の手で？」

「そういうこと。ほら早く、実際に確かめてもらう方が早いの」

よく分からないが、素直に応じたアインがクローネと手を重ねた。

肌艶《つや》のいい彼女の手は、ただ触れ合ってるだけでも心地《ここち》いい。

「下の方まで触っていいから、ちゃんと確認して」

半ば強引に運ばれたアインの手がクローネの髪の毛に触れた。彼女の髪は絹糸のように手触りがよくていい香りがする。

けどアインは、どうしてこうなっているのか状況を分かっていない。

「いつも通りサラサラで綺麗《きれい》な髪だと思うけど」

まぁ、いつも通りと言っても毎日のように触れていたわけではないのだが。

何はともあれ、それで？　と言い返したくなる心境だ。

「私だって毎日頑張ってるもの。……次に自分の髪も触ってみて」

「いいけど、なら手を放してくれないと」

「このままでいいの。私の髪と比べてみて！」

アインは空いた手で自身の髪に触れてみるも。

――――分からん。と小首を傾《かし》げた。

するとクローネは仕方なそうに、それでいて不満げに唇を尖《とが》らせて言う。

「アインの方がサラサラでしょ？」

彼女が言いたいことを理解したアインだったが、それでも素直に頷けなかった。

「俺はクローネの髪の方が触り心地がいいと思うけど」

「ッ――そ、そう言ってくれるのは本当に本当に嬉《うれ》しいのだけど」

「私たちは女性ですから、やはりアイン様に負けてると悔しいと言いますか……」

「そ、そういうことなの！」

「ですからアイン様、髪の毛を切ってしまうのは勿体ないと思いますよ」

クリスの言葉にクローネが同調する。

力強く頷いて、期待に満ちた瞳《ひとみ》でアインを見た。

「この長さでずっと、ってのは厳しいかな」

腰まで届くほどの長さだと、手入れだけでも一苦労だ。

オリビアやクローネ、そしてクリスたちのように、丁寧に手入れをしている女性は多い。しかしながら、今までそんなことはしてこなかったアインにとって、あまりそうした苦労はしたくない。

まず何よりも、剣を振るのに邪魔で仕方ない。

「でしたら肩甲骨程の長さならどうでしょう？」

アインは自分の背中に手を当てて、肩甲骨だとこれぐらいか……と長さを確認した。

やはりそれでも長すぎる。あまりその長さでいたくない。

「悪いけど、それでも面倒かも」

諦《あきら》めきれずクローネが食い下がる。

「どうしてもダメなの？」

「動き辛いし難しいかな。前より少し長いぐらいならいいけど」

「そう……残念だけどそれで我慢するわ」

でもね、とクローネは話をつづけた。

「オリビア様も同じことを仰《おつしや》ると思うから、頑張って断らないとね」

と、アインに新たな問題を突き付けたのだ。

◇◇◇

翌朝だ。

窓の外はまだ薄暗くて、夜明け前の瑠璃色《るりいろ》が広がっている。アインはソファの上で目を覚ましたのだが、記憶があいまいだ。

恐らく昨夜は、話の途中でソファの上で寝てしまったのだろう。

クローネとクリスはアインの魔物化を懸念していたが。

（違和感らしい違和感はまったくない）

むしろ安心感すらあった。

精神世界でデュラハンのラムザと言葉を交わせたことに加え、マルコの生き様もあって彼らの言葉は信頼できたのだ。

で、それらを話した後はどうしたのだったか……。

寝起きで頭が働いていないが、とりあえず身体《からだ》を起こそうと試みると。

「…………へ？」

身体が動かない。

何故《なぜ》かと思って自分の周囲を見てみると、その理由はすぐに分かる。

膝《ひざ》の上にはクリスが。そして肩には、クローネが寄り添って穏やかな寝息を立てていたからだ。

「すー……すー……」

クローネの穏やかな息遣いにつづき。

「だめです……吸うならもっと優しく」

膝の上のクリスが変な寝言を漏らす。

一体どんな夢を見ているのか。頑《かたく》なに吸わせようとする姿勢はもはや表彰ものだ。

「だから、吸わないって何度も言ってるじゃん」

さて、どうやってここから抜け出そう。

給仕を呼ぶためのベルは机の上で、当然ながら手が届く距離にはない。つまりマーサを呼ぶことも叶《かな》わないのだ。

寝ている二人を起こしてしまうのも憚られる。

どうしたもんかと思いながら小声で「マーサさーん」と言ってみた。

聞こえるはずないよね、と苦笑していると、数十秒後に部屋の扉がノックされた。

「おはようございます。お呼びですか」

「マーサさん超すごい……」

この声を返事と取ったマーサが扉を開ける。

「どのようなご用件で――――ッ⁉」

彼女がアインの様子を視界に収めた。二人の女性に寄り添われているアインを見て、思わず目を見開いて立ち止まる。

手には身体が大きくなったアインのための着替えがあったが、思わず床に落としてしまった。

すると、驚いた様子のままに口を開く。

「……第一王妃様はお早めにお決めになるべきかと思います。アイン様が差を付けたくないとお考えでも、やはり臣民は不安に思います」

「違う。ものすごい勘違いをしてる」

「私共使用人としては大歓迎なのです。王妃は数人は居て当然のことですから。陛下に不満があるわけではないのですが、臣下としてはその方が安心できると言いますか……」

「ごめんマーサさん。話聞いて、ねえってば」

「では……ごゆっくりどうぞ」

マーサはそう言うと、落としてしまったアインの着替えを拾う。

手早くアインが座るソファの傍に置くと、足早にアインの部屋を出ていってしまう。

「さて」

どうやってこの場を脱しようか。

アインは新たな方法を考えに入ったのだった。

◇◇◇

結局、アインが困っているとクローネが目を覚ましてくれたので助かった。

彼女にまだ起きていないクリスを横にするのに協力してもらい、ソファから立った。それからマーサに朝一で用意してもらった服に着替えた。身体に合ったサイズの服に袖《そで》を通すだけで、昨日《きのう》までの窮屈さがなくなり過ごしやすい。

その後、クリスのことをクローネに任せて部屋を出た。

階段をいくつか下りて、渡り廊下を進んでいたときのことだ。

「――ふむ。本当にでっかくなってたんだニャ」

壁に背を預けて立っている女性がいた。

アインの伯母にして第一王女のカティマだ。イシュタリカでも珍しいケットシーの異人で、頭脳明晰《めいせき》な才女でもある。

彼女はアインの様子に驚きながらも、これまで会った誰《だれ》よりも冷静だった。

「どうやら、研究結果を出すのが遅かったみたいだニャ」

「研究結果って？」

「アインの魔物化についてだニャ」

するとカティマがアインに近寄った。

これまでも身長の差が大きかった二人だが、今は特にそれが顕著だ。

「魔法都市イストでも話していたと思うんニャけど、魔物化はやっぱり進化と断定すべき現象だったのニャ。魔物が進化する過程とアインが強くなる過程は同一で、アインもすごい魔石を食いまくってたからニャ。……だから私は、仕事から帰ったアインにこのことを伝えるつもりだったんニャけど」

「……あの」

「何も言わなくていいニャ。今の姿を見ていれば何があったのかぐらい予想がつくのニャ。それにお父様からも、あまり触れるんじゃないって昨日の夜に釘《くぎ》を刺されちゃったしニャ」

きっと、カティマはアインに何が起こったのかに気が付いている。

魔王になったことまで予想しているかは不明だが、そうであっても何ら不思議ではない。

だが。

「アインがアインのままでいてくれるニャら、たとえ進化しててもどうだっていいからニャ」

この結論に至っていた。

魔物化で最も懸念されていたことは、アインがアインという自我を失うことにある。魔物化が進化であるとしても、アインが自我を保っていられるのなら、それに越したことはなかった。

「ごめん、そう言ってくれると助かる」

「別に気にしないでいいニャ。ま、私に手伝えることがあったら言うのニャ」

不敵に笑い、カティマは踵《きびす》を返す。

「てっきり現地妻でも作ったのかと思ったんニャけどニャー……」

「あの、今なんて言った？」

「なんでもないニャ！　じゃ、何かあったらすぐに私の部屋に来るのニャー！」

立ち去っていく彼女はいつもと同じで足取りが軽い。

「ほんっとに察しのいい人だよ」

何も言わずとも状況を察する頭脳には感服する。

あまり触れるべきでないと釘を刺されながらも適度に助言を与え、いざとなったら頼れと言うところも器の大きさを感じさせた。

日頃《ひごろ》、破天荒な振る舞いをするような人には決して見えない。


やがてアインは、カティマが去っていったのと真逆の方向に足を進めた。

「さてと」

目的地なんてないが、散歩がてら中庭にでも行こう。

アインがそう考えて歩き出して間もなく、目の前から歩いてくる男に気が付いた。彼もまたアインに気が付いたようで、笑みを浮かべて近寄ってくる。

「これはアイン様、おはようございます」

「おはよ。ウォーレンさんも早いね」

「いやはや、昨晩も思っていたことですが、これほど凛々《りり》しくなられたアイン様を前にすると、さすがの私も少し困惑してしまいますな」

「あとで髪の毛は切るけどね」

「おや、それは勿体《もったい》ない」

「クローネとクリスにも言われたよ。でも動き辛いからさ」

挨拶《あいさつ》と軽い言葉を交わしたところでアインは尋ねる。

「こんな時間から仕事をしてたの？」

普段からウォーレンの出勤は早い。

彼の仕事量が多いということもあるが、今日は殊更早く感じた。

「もう今年も終わりが近いものですから、些末事《さまつ》を少々。ついでに年明けの王族の方々のご公務に関してでも動いておりました」

「来年？　俺も何か公務の予定が入ってるの？」

「左様でございます。と言うのも、港町マグナへと足を運んでいただこうかと思いまして」

「もしかして、赤狐《あかぎつね》の件かな」

「いえ、今回はその事は関係ございません。マルコ殿がアイン様に語られた情報は気になることが多くございますが、港町マグナへのご公務は完全に別の予定となります」

何でも、視察や貴族との面会が主な仕事内容なのだとか。

「予定としては春になる少し前ですな」

これまで微笑《ほほえ》み交じりだったウォーレンだが、不意に表情を引き締めた。

「あとはまだ確定しておりませんが、夏にハイムとの会談が行われるかと」

アインにしてみれば、ついに来たかという心境だ。

「ひと悶着《もんちゃく》ありそうだね」

「仰《おっしゃ》る通りです。会談には陛下もご参加なさいますし、ハイム国王も足を運ぶ予定です。当然そうなれば両国の将軍級も参加しますので……」

「それは……ローガス《父上》が来るってことだ」

「加えて、第三王子ティグル殿に仕えている弟君もいらっしゃることでしょう」

ウォーレンはそこまで言うと、アインには無理をしないでほしいと気遣った。不快な思いをしてしまうことは必至で、それを避けるには不参加しかないのだと。

が、アインは首を横に振って言う。

「会談の発端になったのは俺の言葉なんだ。俺は逃げも隠れもしないよ」

「――――ふふっ、本当にご立派になられましたな」

「ありがと。文武ともに、鍛えてくれた師匠がすごいからね」

「そう言って頂けると光栄ですな。さて、これらの件は日程の候補ができ次第、すぐにアイン様へもお伝えいたします。何か気になることがありましたら、何なりとお申し付けくださいませ」

それでは、と言いウォーレンが立ち去る。

窓の外には、いつの間にか朝日が姿をみせはじめていた。

朝日が昇りはじめた王都の景色《けしき》は、今日も晴れやかで美しい。

「よし」

短い言葉で気を引き締めた。

おもむろに窓を開けて朝の冷たい風を全身に浴びると、気持ちよさそうに笑みを浮かべる。

つづけて遠く離れた魔王城の方角を見つめ、目を細めた。

あの日、マルコと激戦を繰り広げて魔王になったときのことを思い出し、手のひらを空に伸ばして強く握りしめる。

身体中に漲《みなぎ》る力を感じながら、今日からまた頑張ろうと心に決めて。

マジョリカと秘密の話

イシュタリカに雪が降りだした頃《ころ》、遠く離れたハイム王国にも雪が降りだしていた。

とある日に、ハイムが誇る王城の中を、クローネの母であるエレナが歩いていた。

大陸の覇者を名乗るハイムとあって、城は同じ大陸の他国とは比べ物にならない大きさだ。至るところに置かれた宝飾品や芸術品の数々も、国の豊かさの象徴と言えるだろう。

曲がり角に差し掛かったエレナが、一人の少年と邂逅《かいこう》した。

「これはエレナ殿、急いでどうしたんですか？」

彼の名はグリント・ラウンドハート。

次期ラウンドハート家当主で、第三王子ティグルの護衛として城に出入りしている少年だ。

昔はやんちゃと感じる顔つきだったが、今では口元が父のローガスに似て、随分と凛々しくなってきた。

顔つきに加えて王子の護衛を務めるということ、これが社交界で話題にならないはずがない。だがグリントの心は、許嫁《いいなずけ》のシャノンにしか向けられていないのが周知の事実だ。

「ティグル殿下の下に行くところです」

「奇遇ですね。実は私もこれから殿下の下に向かうところなんです。ご一緒しても？」

「ええ、もちろんです」

肩を並べて歩き出したところで、エレナは心の内で考えた。

彼《グリント》はイシュタリカの王太子アインの弟だ。そして幼い頃より将来を嘱望された、聖騎士として生まれた優秀な人材であると。

つまりアインとグリントは、将来を期待されなかった者とされた者の兄弟なのだ。

エレナはグリントとクローネを近づけようと試みたことがある。が、クローネは少しも靡《なび》かず話は少しも進展しなかった。だというのに、お披露目パーティの後からアインに心を寄せたのだ。

当時はクローネだけでなく、エレナもイシュタリカとの密約のことを知らなかった。

こうした状況を鑑みると、心からの恋慕を抱いたのだろうと察しが付く。

「エレナ殿、何か考え事ですか？」

「ええ、イシュタリカのことで少々……」

「あれは本当に困った国です。礼節に欠け、ただ肥大した国の強さに頼っている」

それを聞くエレナはローガスの、ひいてはラウンドハートのオリビアへの接し方に問題があったと小言を言いたくもなるが、なんとか心の内に収めた。

「あの男を王太子に据えるのですから、本当に分からない国だ」

静かにそう呟《つぶや》くグリントを見て、エレナはかねてから抱いていた疑問を思い出す。

「大変聞きづらいことなのですが、一つ尋ねても？」

「どうなさいましたか？」

「エウロでグリント殿が敗北した相手は、イシュタリカ王太子の護衛と聞きました。そして連れていた近衛《このえ》騎士が語ったという王太子の方が強いという話。グリント殿はどうお考えですか？」

「は、はは……これまた、随分と手厳しい質問だ」

グリントにとって苦い思い出しかない話だが、確かにそのようなことがあった。

「ただの誇張かと。たしかにあのディルという男は強かった。ですがあいつ《アイン》がさらに強いなんて、夢物語でしかないと思いますが」

「そう、ですか。申し訳ありません、答えづらいことを」

「お気になさらず」

そうは言うが、グリントの表情は苦々しい。

一方でエレナは頷《うなず》いていたものの、懐疑的な印象を抱いていた。

アインがイシュタリカで英雄と謳《うた》われていること、海龍という巨大な魔物を単騎で討伐したという話が、どうにも引っ掛かっていたのだ。


少しの会話に、長い考え事。

そうこうしている内に、二人はティグルが待つ中庭へと到着した。

「よく来てくれた！　まずは座ってくれ」

と、ティグルが二人を手招いた。

「分かってるとは思うが、先日のイシュタリカの手紙の件でな。この手紙なんだが……なんとも気に入らないことばかり書いたものだ。そう思わぬか？」

書かれた文字にはケチのつけようがなかった。

とても綺麗《きれい》でバランスが良い。筆で書かれた文字の太い部分と細い箇所の差を見れば、芸術性すら感じてしまうぐらいだ。

「エレナよ、この手紙を書いたのは誰《だれ》であったか?」

「イシュタリカの王太子……その補佐官とのことです」

「ふむ。言われてみれば、最後に代筆でうんぬんとあるな」

ティグルはそうして手紙を懐にしまい込んだ。

「……リリという密偵のことは覚えているな?」

皆にとって苦い思い出だ。リリという女性は有能な文官だった。エレナの補佐を務められるだけあって頭の切れる女性だった。

しかし彼女は、イシュタリカの密偵だった。

「やられっぱなしではならんだろう。我らハイムも動くべきなのだ」

唐突な言葉にエレナが目を見開いた。

「何を驚いている。敵情視察は情報戦の常であろう」

「ですが殿下、それは少し危険に思えます。あの国はロックダム共和国やエウロ公国と比較にならない大国ですよ」

これに尽きた。

ケンカを売るにしても相手は選びたい。

「加えてイシュタリカに密偵を放つとしても、人選に不安が残ります」

「それは私も懸念しているが」

「はい。本当なら私のような文官の力も補助に必要なのですが、私の容姿は完全に知られております。特にリリなんかは数年間に亘《わた》り、私と共に仕事をしていましたので」

「では使い捨てとして隠密を放つのならどうだ」

「恐れながら、イシュタリカ相手では悪戯《いたずら》に費用だけが掛かる結果になるかと」

「それは歓迎できん。だが手をこまねいているだけなのも――――」

するとティグルは腕を組み、うんうんと唸《うな》りだす。

「少し考えるか。っと、グリントはそろそろ訓練だったな。来てもらって早々ではあるが、訓練に行ってくれて構わないぞ」

「はっ！　では失礼いたします！」

「ああ、何か決まり次第連絡するさ」

残ったエレナとティグルの二人は、互いに違うことを考える。

実のところエレナは、自身がイシュタリカに行ける手段を模索していたのだ。他の誰よりも自分の力の方が信じられたし、娘が渡った国を一目見たい気持ちもある。

しかし先ほど口にしたように、姿がバレているから出来ない話だった。


「おおぅ？　なんじゃお前たち、機嫌がいい僕の前でそんな顔をしているんじゃない！」

二人の下に足を運んだ尊大な態度の男。

やってきた男は豪奢《ごうしゃ》な服装に身を包んだ、肥えた身体《からだ》の巨漢だ。

「ティグルよ、お前が敬愛すべき兄の私が帰ったぞ！」

男の名はレイフォンと言った。

彼はティグルの兄で、第一王子にあたる存在だ。

「随分と機嫌がよさそうですが、今日はどちらに？」

「なに、城下の女を集めて夜通し楽しんでいただけである！」

「……またですか」

「不服か？　僕がお前に迷惑でもかけたか？」

「いえ、そうではありませんが……」

「ならいいだろう。面倒なことばかり言う男だ」

ティグルはレイフォンの態度に苛立《いらだ》ちを覚えたが、それをなんとか飲み込んだ。

「椅子が空いてるじゃないか。どれ、僕が座ってやろう」

こうなってしまうと、何かを企《たくら》むどころではない。

すぐ隣に腰を下ろした兄を見て、ティグルは目を伏せる。

「何を話していたのであるか？」

「別に、イシュタリカのことを少しですよ」

「ほっほう？　僕にも話してみよ」

「……兄上にですか？」

「話せないのか？　第一王子の僕に？」

「――――そういうわけでは。すまんエレナ、頼めるか？」

「かしこまりました。では私からご説明いたします」

これまで話していたことの要点をまとめ、語り聞かせる。

思いのほかレイフォンは興味を抱いて耳を傾けた。

「はっはぁ！　お前たちは間抜けよのう」

「あ、兄上？」

「何を迷うことがある。どうしてこれが思いつかぬ。こうすれば事は簡単な話ではないか！」

レイフォンは下卑た笑みを浮かべて言う。

「バードランドの商人が持つ船を買えばよい！」

かの地は国家ではなく、商人が牛耳る地域だ。

冒険者たちが素材を仕入れ、貴族が高級宿で金を落とす。

そんな地域が、大陸中央に位置するバードランドだ。

「そしてその船をロックダムから出発させればよい！　あの国からの船はイシュタリカも受け入れておるしな！」

「だが兄上、それでイシュタリカを騙《だま》せるとでも？」

「我らハイムの手の者と知られなければよいのだろう？　何が難しいと言うのだ？」

「ですから……奴《やつ》らがその程度のことを調査しないとは思えません」

依然としてレイフォンは不敵に振舞い。

「僕が持っている都合のいい奴らをくれてやる」

ニタッと笑うと、その真意を口にした。

◇◇◇

同じ頃《ころ》、イシュタリカにて。

城内の者たちは大きくなったアインの姿に慣れはじめていた。城下にも少しずつ顔を見せる機会を作っていて、徐々にだが、王太子の新たな姿が広まりつつある。

以前は暗黒ストローが生まれた中庭に、あのときと同じくアインとカティマが居た。

「分かんないニャー」

カティマはそう言って、手に持っていたメモ帳に記していく。

今日はアインが新たに得た『眷属《けんぞく》』の力を探っていたが、何をしても反応がなく、うんともすんとも言わなかったのである。

暗黒騎士の力を使えなかったときのように、何一つ発生する様子がないのだ。

「今は使えないのかな」

「かもしれないニャ。眷属っていうからには何かを召喚できるのかもしれニャいけど、現状では有用なスキルではないみたいニャ」

「……残念」

もしかしたらラムザとミスティの二人を呼び出せるかも。

こんな淡い期待をしていたのだが、難しいらしい。

「もう一つの方はどうかニャ」

「ああ、氷龍のこと？」

「そうニャ。あのウパシカムイから得た力ニャら、それなりに有用な気がしなくもないニャ」

「どうだろうね、使えると良いけど」

アインは何もない所に手をかざした。

氷龍というぐらいだから、何か凍らせる力があるかもしれない。例えば宙に氷を出せたりしないかと考えて、目を閉じて魔力を意識する。

すると瞬く間に冷気が生じ、二人の肌に刺すような冷たさが奔《はし》った。

「ほいニャ」

実験の進みを見て、カティマが水の入ったバケツを指差した。

意図を察したアインが手を向けると、一瞬にして中の水が凍り付く。

「どれどれーっとニャ」

「その白衣から出した棒は？」

「温度を調べる魔道具だニャ。普通の温度計では分からない温度まで分かるのニャ」

棒状の魔道具を氷に突き刺したカティマが目を見開いた。

やがて彼女の手元から、キキキッ————と音が鳴る。それから間もなく、魔道具が勢いよく砕け散った。

「小難しい話ニャけど、魔力を介していない物質には限界温度ってのがあるのニャ。気体、個体、液体……どれにも共通してるんニャけど、その温度を超えることはないって温度なのニャ。けど魔力を介すると限界温度はなくなる。そこからの温度を計測するために、こういう魔道具が発明されたんニャけど」

魔道具はすぐに砕け散ってしまった。

「氷魔法より更に冷たい氷を作り出せるみたいだニャ」

「なるほど……強そうだ」

凍り付いた湖上にあっても更に肌を刺す冷気を放っていたウパシカムイの力と思えば、しっくりとくる力だ。

他に何か出来ないだろうか。

思い立ったアインがもう一度宙に手をかざすと。

「別のことも出来そう」

何もない空中に、キキッ、キキッ――――と凍り付く音を奏でつつ何かが現れる。一秒、また一秒と時間が経《た》つにつれて明らかになった形は海龍のようだ。

頭から出来上がったと思いきや、徐々に尻尾《しっぽ》の先まで模して造られる。

だが。

出来上がったそれはカティマの身長より若干高いぐらいで、そのまま宙に浮いていた。

「っとと」

気を抜くと、すぐに勢いよく落下してしまう。

地面に落ちた氷は砕け散り、辺りは真冬より冷たい冷気に包まれた。

「さっきのは海龍かニャ?」

「うん、双子のつもりだった」

「色々と興味深い力みたいだニャ。もう少しちゃんと調べたいんニャけど」

カティマは惜しむように腕時計を見た。

「残念ニャけど、今日はここまでみたいだニャ」

「だね。俺も仕事の時間だし」

というわけで二人は片付けに移る。

やがて迎えにやって来たディルに連れ添われて、アインは城を後にした。

◇　◇　◇

さて、王都を出て水列車でしばらく進んだ場所には造船所がある。

そこは歴史のある造船所だが、普通の戦艦や漁船などが造られたことは一度もない。

ここ最近の実績を言うと二隻だ。一隻はプリンセス・オリビア。そしてもう一隻はプリンセス・カティマである。

つまり、王家専用艦を造るための造船所なのだ。

足を踏み入れることが許された技術者は決して多くない。

内部は守秘義務の塊で、厳重な警備体制によって管理されている。それは叡智《えいち》ノ塔に劣らぬだけの規模だった。

「………でっか」

施設そのものも大きかった。

だが中に入ると、見たこともない巨大な魔道具に圧倒されてしまう。

叡智ノ塔の地下にあった巨大なタービンのようなものをはじめ、ありふれた民家ならば両断できそうな巨大なカッターなど。どれを見ても巨大なものしか存在していない。

「相っ変わらず大きなところねぇ」

隣を歩くマジョリカが言った。

今日も今日とて胸元を魔石で隠したサスペンダー姿のマジョリカは、店の仕事、魔石の搬入のためにここに来ていた。

じゃあ都合がいいと、アインはついでに視察として足を運んだ。

当然後ろには、護衛としてディルが控えている。

「さてさて、殿下の目的のブツはどこかしら」

「言い方が物騒じゃない？」

「そう？　でも搭載される予定の兵器を考えてごらんなさいな」

「……物騒だった」

「でしょー？　ただでさえ最新鋭の技術と兵器が搭載される戦艦なのに、素材の大部分が海龍なんだもの。何をどう聞いても物騒だものねぇ」

「お、お二方……。あくまでも、名高きイシュタリカ王家が乗る船ですので」

言葉を少し選んでくれとディルが苦笑した。

「ぶっちゃけ過ぎちゃったかしらねぇ」

くすくすと笑ったマジョリカは、アインと顔を見合わせて反省する。

「軽口もこのくらいにして探しましょうかね」

「俺の目的のブツをね」

「私も罪な人だわ、殿下に変な言葉を気に入らせちゃうなんて。ん……あれかしら？」

巨大な魔道具が並ぶ箇所を抜けたところで三人は立ち止まった。

アインは視線の先に鎮座する巨大な姿に息をのむ。はじめて海龍を目の当たりにしたときのように、圧倒的な存在感に一瞬目を見開いて。


「あれが――――海龍艦リヴァイアサン」


いずれ自分が駆ることになる戦艦を前にして、強く心を震わせた。

巨躯《きょく》は惜しげもなく使った海龍の鱗《うろこ》で全体が覆われていて、青白く光る様子が幻想的だ。

流線型の船体は弾丸のようにも、鉾《ほこ》のようにも見えてくる。

少し残念なのは、未完成だということぐらい。

だが造りかけながら、すでにプリンセス・オリビアよりも大きかった。

「すごいわねぇ。端に並べられてる兵器も壮観じゃない」

すると、ここまで静かだったディルが口を開いた。

「あのすべてがリヴァイアサンに収まると思えば、陛下のホワイトキングを超えることだって夢ではありませんね」

「あら、夢どころの話じゃないわよ」

「まさかすでに？」

「ええ。ホワイトキングは数世代前の技術で造られたわ。それでも当時の最高峰を惜しげもなくつぎ込んでいるし、多大な予算があったから、今でも他の戦艦と比べ物にならない戦力なの。でもね、あの海龍艦リヴァイアサンは格が違うの」

「すでに超えるかどうかの話ではないのですね」

「そういうことよ。あとは戦艦単体でどれほどの戦力になるのか、って話なのよ」

「……噂《うわさ》には聞いてましたが、それほどなのですか？」

「当然よ。本来なら素材の耐久性のせいで積めない兵器と炉が、海龍の素材のおかげで好き放題搭載できてるんだから」

そりゃ凄《すご》そうだと、アインは話を聞きながら笑っていた。

これまで出来なかった耐久的な問題を、海龍の素材は難なくクリアしていたのだ。

だから今まで出来なかったことを可能にした。

きっと、海龍艦の名を冠するに相応《ふさわ》しい一隻となるはずだ。

「ん？」

アインが船体を眺めていると、よく知る人物たちの姿に気が付いた。

「どうなさいましたか？」

「ほら、あっちにいる二人に見覚えない？」

ディルが目を細め、アインが指示した方角を見た。

するとそこに、彼もよく知る人物の姿があった。

「ルーク教授ですね。隣にいるのは……アイン様のご学友のロラン殿かと」

学園で見るときと同じく、ルークは白衣に身を包んでいた。

そしてロランだが、彼は少し大きめの白衣に着られているように見えてならない。狼男《ワーウルフ》特有の犬耳としっぽが服装も相まって可愛《かわい》らしい。

「どうして二人がここにいるんだろ」

「そんなの、ここで仕事をしてるからに決まってるじゃない」

当然の結論なのだが、問題はそこじゃない。

「マジョリカ殿、アイン様はロラン殿がどうしてここにいるのか気になっているのでは？」

「ああそっちのことね。だってあの子、優秀じゃない。隣のルーク教授だって大陸に名を馳《は》せる研究者だし、坊やも業界内ではそれはもう有名よ」

ロランは入学時から目立つ少年だった。

思い返すと、遠足の際にはアインも助けられたぐらいだ。

「こういう仕事をしてるんだって、ロランも教えてくれたらよかったのに」

「守秘義務を守ってるのよ、きっと。いい子じゃない」

当事者であるアインに言うぐらいなら、と思わなくもない。

だがそれでも秘密を守って、こうした場で活躍してるのはロランらしくもあった。

頑張れ、と口にしたアインは踵《きびす》を返す。

「あら、もうお船はいいの？」

「あとは完成を待つよ。今でもこんなに凄いんだからさ」

出来上がりはもっと凄いはず。

友人が自分の船を造ってくれてると思うと、口角が上がって仕方ない。アインはその顔を隠すために、早歩きで造船所を後にした。


――――外に出たところでディルと別れた。

なんでも、造船所内に忘れ物をしたとのことだ。

「それにしても造船は順調みたいね。使う予定だった素材が余ってたのかしら」

「ん、使う予定だった？」

するとマジョリカは「あっ」と顔を背けた。

「どういうこと」

「別にほら、言葉の綾《あや》ってやつよ」

「本当に？」

「もちろんよぉ！　そんな疑わなくても――――」

「今のことを造船所の中の人たちに聞いてきてもいい？　もしかしたら、知ってる人だっているかもしれないし」

「……容赦ないわねぇ」

観念したマジョリカがため息を吐《つ》く。

すると、辺りを見渡した。ディルがまだ帰ってこないことを確認したところで、アインに顔を近づけて声の音量を下げる。

「本当はもう一隻、造る予定があったのよ」

「ん？　みんな戦艦を持ってるのに？」

「持ってない王族が一人だけ居たの。もうこの世界には居ないんだけどね」

アインにしてみれば初耳だ。

「お、俺が知らない王族が居たってこと……⁉」

「そうなるかしら。意図的に隠されていたのもそうだけど、色々とあったのは殿下がお生まれになるよりしばらく前のことなの。今では平民の間でも語るのがタブーだし、最近の子なんかは知らない話だと思うわ」

「……ごめん、正直言って困惑してる」

それでいて冷静な自分もいた。

この件を聞かされていなかったということは、少なくともアインにも伝えたくなかったことだと容易に想像がつく。

ここで追及した結果、マジョリカが罰せられることを懸念していた。

「つづきが気になるみたいね」

「でも、聞いていいのかなって迷ってる」

「中途半端に口を滑らせたのは私だし、内緒にしてくれるならいいわよ？」

「えぇー……そういうもんなの？」

「殿下は約束を守ってくれる方だもの。ほんとに内緒にしてね」

どこから話そうかしら、とマジョリカは空を見上げた。

「いなくなった王族の名は、第一王子ルフェイ・フォン・イシュタリカって言うの」

アインはその言葉を聞いてハッとした。

今まで誰《だれ》も気にしている様子がなかったが、現国王シルヴァードの子たちのことだ。第一王女のカティマは第二子であると出会ったときに聞いている。そして妹に当たるのがオリビアということは、姉妹の上にもう一人いるはずなのだ。

「彼は天才的な頭脳の持ち主だったわ」

「……でも、亡くなった？」

「違うの。彼はクリスの姉と一緒にこの世界から居なくなったのよ」

予想していなかった言葉にアインが目を見開いた。

「彼女のことは前に話したことがあったわよね」

「あったけど、詳しい情報をはぐらされた記憶がある」

「それは仕方なかったのよ。で、彼女の名前はセレスティーナ・ヴェルンシュタイン。前に言った通りの強者《つわもの》で、元帥閣下を凌駕《りょうが》する実力者だったわ」

「そこまでは聞いてたから分かるけど……」

「ルフェイ様との関係性が気になるのよね」

アインは声に出さず頷《うなず》いた。

「あの子……セレスはルフェイ様の専属護衛だった。けど、してはならないことをしたの」

ここまで言うと、マジョリカは悲しそうに目じりを下げる。

気持ちを代弁するかの如《ごと》く、冬の冷たい風が吹き抜けた。

「大陸イシュタルの中央に『神隠しのダンジョン』という場所があるのよ。中に入ると二度と出てこられないとか、神の下に連れて行かれるとか……逸話だらけの不思議な遺跡よ」

もう予想がついた。

セレスがしてしまったことは恐らく。

「もしかして、ルフェイ様を連れ去ってしまったとか？」

「少し違うわね。正確には神隠しのダンジョンに行きたいと願ったルフェイ様を、セレスが承諾して連れて行ってしまったってことよ」

どちらにせよ、してはならないことに違いない。

専属護衛の立場にあるのなら、主君が口にした間違いを正す義務もある。

アインもディルに随分と無茶を強いているし、耳の痛い話だった。

「二人とも天才だったから普通の日常が退屈だったのよ。ルフェイ様は本を読めば一回で内容を暗記するような方だったし、セレスもセレスで異常なまでの実力者だったから」

「じゃあルフェイ様は、純粋に、強い興味から王都を離れたってこと？」

「多分ね。そんな感じの手紙が残されてたみたいよ」

故に二人はこの世界に居ないんだと、マジョリカはさっき言ったのだ。

「まるで大罪だ」

不快感を覚える話だが、アインは強く言えなかった。というのも、自分も海龍が現れた時に制止を振り切ったことがあるからだ。

「当時、陛下も同じことを仰《おつしや》っていたわ」

「お爺《じい》様も？」

「そうよ。悲しまれていたし、ご自身のご教育が間違っていたのかと苦悩されていたそうよ。でもそれと同じぐらいに、してはならないことをした王子に憤っていたの」

シルヴァードの人となりを考えるに、だから二人のことを口にしなくなったのだろう。

「二人には天才ゆえの孤独ってのがあったのかもしれないわね」

「だからって――――ッ！」

「正しくはないわ。でもルフェイ様は『生まれる場所を間違えた』って口癖みたいに言っていたから、セレスと一緒に考えることがあったのかもね。今となっては確認できないけど」

イシュタリカを愛するアインにしてみれば、いい気分になれる話ではなかった。

すると彼は、不愉快そうにこめかみを掻《か》く。

愛する家族に悲しみを与えた第一王子に憤りを感じて止《や》まなかった。

「今の話は内緒よ。私のためってよりも、陛下のためにね」

「分かってる。お爺様が悲しむだろうしね」

「いいえ違うわ。陛下に余計な心配をさせたくないからよ。陛下は恐れているの。殿下が同じことをしないかってね」

「…………そういう心配をさせたのは俺のせいだね」

「殿下も行動的なお方だものね。興味を持たないか心配なのよ、きっと」

しかしアインには確信があった。

仮に興味を抱いたとしても、神隠しのダンジョンへ足を運ぶことはないという強い確信だ。

「俺なら大丈夫。俺はイシュタリカが大好きだからさ」

家族と、この国と離れることなんて考えられない。

「でも一つだけ気になるんだけどさ」

「はいはい？　何かしら」

いくらか重苦しい空気が収まったところで、アインは尋ねた。

「マジョリカさん、色々と詳しすぎない？」

「そりゃそうよー……だって私、今の話に出てきた人たちとパーティを組んでたんだから」

「え、あの……え？」

「私とカイゼル、あとはセレスとルフェイ様――――最後に元帥閣下よ」

アインは思わず目を見開く。

また新たに吹いた冷たい風が哀愁を誘う。

「すごい情報をあっさりと言ったね」

と言って、最後には白い歯を露出して笑った。

思えばこの国に来てから、暇という時間は本当になかった気がする。

きっとこれからもそうなるだろうと予想したアインは、どこまでもつづく青空を見上げた。

◇◇◇

造船所の件から数時間が経《た》つ。

すでに冬特有の日の入りの早さにより、辺りはもう真っ暗だ。

アインの執務室には暖炉の灯《あか》りもともされている。赤く、そして橙色《だいだいいろ》に揺らぐ炎から漂う空気が部屋中を暖める。

机で仕事をしていた彼の下に、クローネが足を運んだ。

「どうしたの?」

「特に用事があるわけじゃないの。ダメ?」

「いや、いつでも歓迎だよ」

そう言ってアインは椅子を立とうとしたが、クローネは手でそれを制する。

トトトッと軽い足取りで近寄って、椅子の後ろに立った。

「お仕事中だったのね」

「どうだろ。仕事っていえば仕事だけど、マグナの資料を眺めてただけだよ」

返事を聞いたクローネは、後ろからアインの手元を覗《のぞ》き込んだ。

だが立ち位置が少し不満だったのか、足元に落ち着きがない。

「もしかして、俺が大きくなったせいで見づらい?」

「ええ、少しだけ――――あ、でもこうしたら……」

するとクローネはアインの右肩に顔を近づけて、顔を乗せるようにして覗き込んでくる。

「……イヤ?」

拒絶されるとは微塵《みじん》も思っていない。

けど、アインが返事をするまで緊張はしていた。

「俺が緊張しててもよければ」

冗談交じりの返事を聞いて、クローネは嬉《うれ》しそうに目を細める。

「私も一緒よ。お揃《そろ》いね」

「なるほど、じゃあ悪くないかも」

耳元にクローネの吐息が聞こえてくるだけじゃない。

身じろぎした際の服がこすれる音も。それこそ、鼓動の音まで聞こえてきそうだ。

甘い花の香りが嗅覚《きゅうかく》まで刺激してくる。

だがそれ以上に、彼女が近くに居ることの居心地《いごこち》の良さが勝っていた。

「あ、ここよ」

ふと、クローネが資料に指をさす。

そこには貴族の屋敷のように見える立派な屋敷が描かれている。

「景色《けしき》を見る限り、岬の上に建てられてるみたいだけど……ここが？」

「ここ、私たちが泊まる予定のところよ」

完全に初耳だった。

「見た感じ誰かの屋敷っぽいけど」

「大丈夫よ。だってここ、王家保有のお屋敷だもの。現存するお屋敷の中でも最古のものなのだけど、見たことない？」

「全然ないや。勉強不足だったみたい」

「ふふっ、じゃあ教えてあげる」

はじめにクローネが言ったが、描かれているのは最古の屋敷だ。

何でも古いこと以上に歴史的な価値がある屋敷らしく。

「ここは初代陛下が建てた別邸なの」

「えっ、ほんとに⁉」

「本当よ。未来の王族のために残してくださったみたい」

「……知らなかったことが更に恥ずかしくなった」

苦笑したアインにクローネが微笑《ほほえ》みかけた。

「このお屋敷には秘密があるの」

「秘密？」

「そう、秘密」

彼女はもったいぶって一呼吸置いた。

自分の唇に人差し指を持っていき「しー」と小声で言う。

「お屋敷の中には、誰《だれ》にも開けられない地下室があるらしいわ」

えっ――――と。

アインの心が揺さぶられたのは言うまでもなかった。

流行《はや》り病

年が明けて二月に差し掛かろうとした頃《ころ》だ。

まだ寒さ厳しい季節がつづくが、ハイム王国南方に位置する港町ラウンドハートに、ハイム王国所属ではない船が一隻、停泊していた。

「あれね」

と、港に足を運んでいたエレナが言うと、隣に立つ文官がその声に応《こた》える。

「左様でございます。定期的に大陸を巡回する商船となります」

「バードランドの商人の持ち物だったかしら？」

「はい。上の下ほどの規模の商会でして、どの国々とも満遍なく付き合いがあるとか」

「聞いていた通りね」

「そしてこれも第一王子殿下が仰《おっしゃ》っておりましたが、近ごろは商いが上手くいっておらず、徐々に借金が膨れ上がっているそうで」

「レイフォン殿下って、本当にこうしたことには詳しいのね」

「……ご自身の目的のためならば、といったところでしょうか？」

「そうかもね。私から深くは追及しないけど」

以前、ウォーレンに散々価値がないと断ぜられたレイフォンだが、エレナや家臣たちですら知らなかった才覚があった。

目的のためならば頭の回転が著しく上昇し、謀《はかりごと》が脳を駆け巡るということだ。

「会頭令嬢はそんなに見目麗しいの？」

「噂《うわさ》に聞くところによると、各国の貴族から求婚が絶えないとのことで」

「そう……レイフォン殿下はその令嬢が欲しいわけね」

借金のかたに娘を貰《もら》うといったところか。

恐らく裏では会頭に対して、援助を申し出ていることだろう。


停泊した船がタラップを下ろした。

すると、何人もの男が乗り込んでいく。

「奴《やつ》らは骨の髄まで吸われつつある者たちです。すでに資金繰りが難を極め、娘や妻を召し取られたことに加えて、保有していた財産や商会など……多くを第一王子殿下に差し出したそうで」

「念のために確認するけど、国籍は？」

「一人もハイム出身はおりません」

そして全員が以前は貴族や富豪であったのだと。

「また、すでに国籍も失っている者しかおりません。祖国を頼ることも叶《かな》わず、むしろ、祖国の金貸しから探されてるような者らです」

「――――そ。確かに使い勝手がいい存在ね」

「お言葉とは裏腹に、ご気分がすぐれないようですが……」

「別に同情してるわけじゃないわよ。身の丈に合わないことをして破滅を呼び込んだのは彼ら自身だもの。自業自得よ。でも――――」

女性として、同じ女性たちの処遇は気に入らない。

何せ、酒池肉林を愛するレイフォンが手元に置きたがった女性たちなのだ。

状況は聞かずとも想像に難くない。

「真意は不明ですが、第一王子殿下は奴らに対し、今回の仕事が終わったら家族を解放すると約束したそうです」

「私は約束を違《たが》えることは好きじゃないの。それが本気かどうか、後で確認しておくわね」

どうせ嘘《うそ》だろうが、と考えている。

だが男たちが必死になるには、これ以上に都合のいい言葉はないだろう。

「それと、あの船の持ち主を後でアウグスト邸に連れてきて」

「何かご用事が？」

「特別なことはないわ。お義父《とう》様が残された仕事があるから、その商談をしたいだけよ」

話がまとまれば、少なくともあの船の持ち主は娘を取られることがない。

同じく娘を持つ身として、エレナは見過ごせなかったのだ。

レイフォンに知られて何か罰を申し付けられぬよう、言い訳が必要となるが。

「奪われたご令嬢たちは何処《どこ》にいるのかしらね」

「確か――――」

と、エレナは文官から情報を聞き出しながら呆《あき》れ果てた。

「知らなかったわ。まさかそのために小さなお屋敷まで建てていたなんて」

税金の使い道に文句をつけたかったが、もう遅い。

今度から財政にも口を出そうかと頭を抱えたのだった。


――――同日の夜。

王都に帰ってきたエレナは言葉通り、商人との話をすぐにまとめた。

あとは都合のいい言い訳を用意しなければ、と考えていたところ。

「奥様、私兵の方々がお戻りになりました」

「ありがとう。目的は？」

「彼らの様子を見るに、問題なく進んだかと」

「じゃあ地下室ね」

そう言ってエレナは部屋を出て、屋敷の奥に向かって歩く。

アインも足を運んだ大きなエントランスを抜け、薄暗い階段を下りた。少し埃《ほこり》っぽくて湿っぽい通路を進み、たどり着いた地下室の扉を軽くノックする。

すると扉が開かれ、中に居た私兵たちが一斉に頭を下げた。

「これだけ厳重に縛られてるのなら、安心ね」

視線の先には、全身をきつく縛られた騎士が転がされていた。

しかしハイムの騎士でなければ、ロックダムの騎士でもないのだ。

「……ほう、貴女《あなた》がクローネ様の御母君ですか」

と、騎士が口にする。

「そういう貴方《あなた》はイシュタリカの騎士ね」

騎士の身を包む鎧《よろい》はイシュタリカの正規騎士のそれだ。

「エレナ様、この者一人を捕縛するのに、我ら私兵団にも重傷者が出ています」

「さすがはイシュタリカの騎士ってところかしら」

「仰る通りかと」

「本当に苦労を掛けたわね。――――貴方たちは外に出て」

「危険では？」

「いいえ、大丈夫よ」

私兵たちはもの言いたげながら、彼女の指示に従い地下室を出ていく。

すると、残されたエレナとイシュタリカの騎士。

「ねぇ、取引をしない？」

「おや、私を失望させたいだけでしたか」

「どういう意味かしら」

「私を――――栄光ある白銀に身を包む騎士を舐《な》めるなと言っているのです」

怒気がエレナの全身を襲う。

ハイムにもローガスという猛将が居るが。

「……一人の騎士がこれほどまでとはね」

目の前にいるような騎士があと何人いる？　エウロに駐留している者たち以外にも、イシュタリカ本国にはそれこそ山のようにいるはずだ。

エレナは首筋に汗を伝わせながらも、騎士との距離を詰める。

「これを御覧なさい。それでもまだ拒否するかしら」

「下らん。物で気を引こうなどとッ！」

「違うわよ、そんなもので取引できるとは思ってないわ。よく御覧なさい」

取り出していたのは一枚の羊皮紙だ。

それを騎士の前で広げて、書かれていた文字を読ませる。

「これは……ッ」

「話を聞く気になったでしょ」

騎士が興味を示したことで、エレナは勝利を確信した。

「ッ――――あ、貴女は正気なのか⁉」

「嘘をついてどうするのよ」

「ふざけるな……貴女は何を求めていると言うのだ……ッ！」

「分かり切ってることを聞くのね」

うろたえる騎士を前にして、エレナは堂々と口にする。

「私はイシュタリカに刃《やいば》を突き立てて、ハイムに勝利を捧《ささ》げたいのよ。そのために貴方と取引をして、貴方という存在を利用するの。これでいいかしら？」

それから数分の後、騎士は重苦しそうに「話し合いたい」と言葉を発する。

その言葉を耳にしたエレナはクローネとよく似た笑みを浮かべ、騎士の拘束を解いたのだった。

◇　◇　◇

さて、アインはオリビアの寝室にいた。

風呂上《ふろあ》がりに偶然会った二人が、せっかくだから少し話そうということになったからだ。

そして今のアインが何をされているのかと言うと、ソファに座り、後ろに立ったオリビアに髪の毛を梳《す》いてもらっている。

「そういえばアイン、私も一緒に行きますからね」

「行くってどちらにですか？」

「あっ……こら、動いたら駄目ですよ。まだ終わってませんから、ね？」

アインの髪は以前に比べて少し長い。

魔王化してから帰ったときに、クローネとクリスの二人と約束した通り、少し長めのままで整えていたからだ。

しかしそうなると、手入れをしないと毛先が暴れてしまう。

オリビアはこれを口実にして、いつも以上にアインの傍《そば》に居られたわけだ。

鼻歌を歌いながら、上機嫌でアインの髪に櫛《くし》を通しつづけるオリビア。

ところで、寝る前のオリビアは露出が多い。

彼女を完全に母としてではなく、親戚《しんせき》の姉のような感覚でいるアインからすると目に毒だ。そのため、あまり彼女を見ないように視線を低くしていた。

「お母様」

「はーい？」

「だからその、俺と一緒に行くっていうのは」

「私もマグナに一緒に行くってことですよ」

「え――――え？」

「お母様がお父様に進言してくださったんですよ。最近はアインと一緒にゆっくりする時間も少なくなってきちゃってるから、偶《たま》には一緒にいってらっしゃいって」

「では久しぶりに、お母様と一緒にマグナの町も楽しめそうですね」

「ええ、そうですね。私はその日が今から楽しみなんです」

話をしながらもアインの髪が梳き終わった。

するとオリビアが櫛を仕舞おうとしたのだが。

「交代しましょう」

まだ寝るまで時間がある。

それに自分がしてもらったのに、それだけで終わるのも悪い気がした。

あとはオリビアにもしてあげたいという気持ちもある。

「それなら、お言葉に甘えちゃいますね」

「痛かったら教えてくださいね」

アインは自分とよく似た色の髪に櫛を滑らせる。

二人はやがて新たな話題に花を咲かせた。

……公務で港町マグナへ足を運ぶ日はそう遠くない。あと数週間もすれば王都を発《た》って、思い出深いあの地に足を運んでいるだろう。

公務ではあるがきっと楽しくなるはずだと、アインは密《ひそ》かに想《おも》いを馳《は》せる。

◇◇◇

翌日のアインはいつものように目覚めて、いつものように学園へと向かった。

身体《からだ》が大きくなってから学園に通うようになったのは年が明けてからだが、一週間もすれば他の生徒たちも彼に慣れて、今では驚かれなくなっている。

今は通いなれた訓練場の外を、バッツと肩を並べて歩いていた。

「そういや、俺たち四人は六年次でも一組《ファースト》らしいぜ」

「結局、一年次の頃《ころ》から一組《ファースト》を維持できたのは俺たちだけだったね」

「そうみてーだな。ま、所属してる俺が言うのもなんだが、俺たちの組は特別だ」

他のどの学園よりも入学が難しいこの学園でも、一組《ファースト》は更に一握りのエリート集団だ。

組み分けは一年間の成績で選ばれる。

だから一組《ファースト》は生徒の入れ替わりが特に激しいのだ。

「そういえば二人は?」

「レオナードもロランも仕事だとよ。ったくあいつら、いつの間にか研修みたいなことをさせてもらってるらしい」

「あぁー……」

「なんだ、知ってたのか？」

「ロランのことは聞いたことがあったなって」

聞くも何も見ているのだが、口にはしない。

「でもバッツだって、今年中に試験じゃないっけ」

「お、おう。俺も騎士の登用試験があるけどな」

目指すは近衛《このえ》騎士だそう。

昨年の社会科見学の際にこの想いを抱き、目標にしたのだとか。

「しっかし、いつも以上に学園が静かだな。例の流行《はや》り病ってやつのせいか？」

アインはそう言われてから気が付いたが、確かに学園内が静かだ。

「そんなのあったんだ」

「人から人にうつる面倒な病気が流行ってるらしいぜ」

「へぇー……気を付けないと」

んで、とバッツが話をつづける。

「アインはどうするんだ？」

「どうするって、何をさ」

「何をってお前……あれだよ、アインは王太子だろ。これからどうするんだろうなって」

「まだしばらくは王太子だけど」

何を言ってるんだ、そんな表情でバッツに答えた。

「俺はそれが変わることはないかな。戴冠《たいかん》したら王太子じゃなくなるけど」

「そういやそうか……けど、今まで通りってわけにはいかねえだろうよ」

「……うん？」

「俺たちはあと一年ちょっとで卒業だしな」

するとと気軽に会えなくなるだろ、とバッツは示唆していた。

空虚感と言うべきか。

いつまでも子供じゃないのは当然だが――。

「ちょっと寂しいね」

「だな」

とは言えアインたちはほかの生徒と違い、遠い存在になるわけじゃない。

「ロランは研究者として凄《すご》くなりそうだから平気だと思う。レオナードも文官になるし、バッツが近衛騎士を目指してくれてるなら、割と会えたりするんじゃないかな」

「お、おお⁉　言われてみりゃその通りじゃねえか！」

考えてみればこの学園の成績上位者は、要職への道が約束されたも同然。

級友たちと顔を合わせる機会だってあるはず。

「言われてみりゃ悪くねえな！　っよし！」

「バッツ？」

「ちょっくら剣を振ってくるぜ！」

もうしばらく歩いていたし、建物を出て校門に向かう途中だった。

だというのにバッツは踵《きびす》を返す。

つい数分前まで居た訓練場を目指して。

「え、えぇー……」

残されたアインは呆気《あっけ》にとられたままバッツを見送る。

きっと、彼の心にやる気が生まれてしまったのだろうと。

「――――帰るか」

見送り終えたところで、ふっと小さく笑い歩き出す。

もう校門までは目と鼻の先だ。

昼を過ぎたころで、まだ一組《ファースト》以外の生徒がこのあたりを歩いている様子はない。物静かな校舎を眺め、残された一年を大いに楽しもうと心に決める。


丁寧に整えられた芝生の上は歩き心地が良い。

まだ二月とあって、木々を彩る緑はまだまだ少ないが、季節感はある。

(城に戻ったら、マグナに行く前の仕事でもしとこうかな)

実のところ魔法都市イストや冒険者の町バルトの時と比べれば、その負担は格段に低い。

それは必要とする移動時間だけではなく、危険性などもそうだ。

あの町は単純に治安がいい。

「あれ?」

学園が誇る大きな校門に近づいたところでアインが気が付く。

「お帰りなさいませ」

そう言ったのはディルだ。

以前から学園への迎えなどはクリスの仕事だった。近頃では彼女がアインの専属護衛としての立場を得たこともあるし、特にアイン周りのことは彼女の担当だというのに。

「ディルが来てくれてるのは珍しいね」

「実はクリス様が来られない事情がございまして」

「何か忙しいとか?」

これまでも忙しいことはあったし、特に違和感はなかったのだが。

「体調を崩してしまったようで休養しているのです。私もはっきりとは聞いていないのですが、クローネ様も同じく体調を崩されたようでして……」

何はともあれ、一大事だ。

二人が仕事を休むほどとなれば、それなりのはず。

二人同時に体調を崩したことも気になっていた。

「心配だし、早く帰ろうか」

アインはディルを連れ、いつもより足早に学園を立ち去った。

◇　◇　◇

城についてからアインが足を運んだのは、治療所の奥に設けられた部屋の中だ。

室内は消毒液の香りが漂っており、壁一面の棚は多くの薬剤で埋め尽くされている。机の前の椅子に座る女性が、足を運んだばかりのアインに言う。

「お二人が罹《かか》ったのは話題の流行り病です。数週間は安静にしないといけません」

白衣を着たバーラが淡々と言った。

彼女は今では孤児だったころの面影はない。なかなか勤勉なようで、すでにいっぱしの医者のような立場にあるという。

（流行り病、バッツが言ってたもののことか）

一人納得しているところに、バーラがつづけて説明する。

「面会も十日程度はできません。殿下にうつってはいけませんから」

「別に俺にうつることはないいんじゃない？」

「あ……そ、そうですね！　言われてみれば確かに」

「毒素分解さまさまだよね。ってわけで、二人の部屋に行って治してきてもいい？」

「私個人としてはお勧めいたしません」

「へ、なんで？」

「殿下のお力で治せても、その場限りの治療になってしまいますので」

「……もしかして、免疫を作るため？」

バーラがその言葉に頷《うなず》いた。

「流行り病と言われていますが、生きていれば一度は罹る病なんです。体内に抗体ができてしまえば二度目はないので、一度我慢していただければ問題ありません」

だからアインが手を貸してしまうと、また同じ病に罹ってしまうことになる。

常に近くにアインがいるとも限らないから、安易に治すことが正解ではない――――というのがバーラの考えなのだろう。

「お二人にもこのことは伝えてまして、今回はゆっくり治しますと仰《おつしや》っておりました」

仮に重要な仕事の前とかだったら二人も無理をしただろうが。

「今度の公務は別に、無理をするほどのことじゃないしね」

「ええ……恐らくお二人は遅れてご参加なさるか、不参加になるかと思います」

無理をしてさらに体調を崩す必要はないのだ。

「アイン様、私がお二人の分も務めさせていただきますので」

「うん、ディルも頼もしいよ」

すると――――コン、コン。

部屋の扉がノックされ、ディルがアインと目配せを交わした。

彼が扉を開けると現れたのは、メイだ。

「失礼しまーす！　……あっ！　アイン様、お帰りなさい！」

小さな身体《からだ》に合わせて作られた給仕服に身を包み、今日も元気にアインの名を呼ぶ。

「こらメイ！　殿下の前でそんな態度……ッ！」

「俺は気にしてないよ、バーラ。それでメイちゃんは何か用事？」

「はいっ！　マーサさんがアイン様をお呼びしてって言ってました！」

「分かった。で、そのマーサさんはどこに？」

「えーっと、えーっと……。中庭のテラスで王妃様と待ってるそうです！」

「お婆様《ばあ》が？　それじゃ急がないと」

ありがとうと言ってメイの頭を撫《な》でる。

くすぐったそうに笑う彼女を見て満足したアインは、急ぎ足で治療所を後にした。


中庭のテラス。

ここはオリビアやララルアが好む場所で、多くの美しい花や木々、更には白い石材を使ってできた多くの水路など――――。

それらが丁寧に整備された城自慢の一角だ。

「お婆様、何やらお呼びとのことでしたが」

正確には、アインを呼び出したのはマーサだ。

だが、使用人の身であるマーサがアインを呼び出すはずがない。

「お帰りなさい、アイン君。立ち話もなんだから、そこのお席にどうぞ」

品のいい微笑みが向けられた。

ララルアは相変わらず壮年に見えない。

少なくともシルヴァードと年齢がそう離れていないはずだが、どこをどう見ても二十台にしか見えない若々しさがあった。

ダークエルフという種族ゆえか、オリビアと並ぶと姉妹に見えるぐらい若々しい。

「失礼します。でも、お婆様がマーサさんと一緒なのは珍しいですね」

「実はベリアも体調を崩して休んじゃったのよ。だからマーサにお願いしていたの」

アインはその言葉を聞いて驚いた。

何せベリアと言うのは、王妃ララルアの専属給仕だ。同時に給仕長を務める女性で、以前マーサが自分の師匠だと言っていた女性でもある。

ベリアが休んだことなんて、アインは今まで聞いたこともない。

「珍しいですね。ウォーレンさんよりも休むことがなさそうなのに」

「そうねぇ……。でもベリアも歳《とし》だもの。本人は認めないけど身体は弱くなるものよね」

「……なるほど」

頷いたアインがマーサの用意した茶で喉《のど》を潤す。

「ベリアさんも流行り病ですか？」

「違うわよ。ベリアは普通に体調を崩しちゃっただけなの。……流行り病で思い出したけど、アイン君は二人のことを聞いたかしら」

「クローネとクリスのことなら、ついさっきバーラから聞いてきました」

「それなら良かったわ。お見舞いはほどほどにね？」

「あれ、止められるのかと思ったんですが、違うんですね」

「だってアイン君にはうつらないでしょ？　けど二人は女の子だし、あまりみだりに足を運んでも恥ずかしいと思っただけですよ」

「ですね。とりあえず容態が落ち着いたころに一度会いに行こうと思ってます」

ただ、少しの連絡もないのは互いに寂しい気がする。

それならあとで、手紙でも書いてみようか。

二人が目を覚ましたときに読めるし、それぐらいなら負担にもならないだろうから。

「ところでお婆様、俺を呼んだ理由を聞いてなかったんですが」

「別に大した用事はなかったのよ。たまには私とのお茶に付き合っていただけないかな、って思っただけなの」

「そのような大役、他の者には任せられませんね」

アインは深く座り直すと、ララルアとの歓談を楽しんだ。

夕方になって日が傾きだすころまで、ゆっくりとした時間を過ごしたのだった。

◇　◇　◇

夕食時をとうに過ぎた夜のこと。

執務室での仕事を終えたアインの下にバーラがやってきた。

「こちらがお二人の診断書です」

「持ってきてもらっておいてなんだけど、俺が見てもいいの？」

立場が上と言っても、相手は女性だ。

「殿下がそうお考えになるとお二人は予想されておりました。こちらを殿下にお渡しするようにと言ったのは、お二人からなんですよ」

「……なら受け取ろうかな。中身は後で確認させてもらうね」

「お願いいたします。お二人とも、何度も謝罪なさっておいでしたので……」

「気にしないで。謝ることじゃないって後で言っておいてくれる？」

「ええ、承りました」

責任感のあるクローネとクリスらしい言葉だが……。

アインからすれば、こういう時ぐらい何も気にせず休んでほしい。

「んー……」

おもむろに疲れた様子で背筋を伸ばしたアイン。

「公務のこともそうだけど、ハイムの件もあるんだよね」

「……お察しします」

二人して苦笑いを浮かべた。

するとアインは、世間話をするように口を開く。

「あの人も、弟とか王子を抑えてくれたらいいんだけどさ」

「……あの人というのは？」

「元父だよ。まぁ他国の話だから、そんなに口出しする気はないけどね」

「そういうことでしたか。――――お互いに、父には苦労させられますね」

「バーラのお父さんってこと？」

「はい。私もメイも……それに母も父には苦労させられましたから」

そう語ったバーラは複雑な感情を抱いているようだ。

苦笑したかと思えば頬を不快そうに歪《ゆが》め、ため息交じりに虚空を眺める。

アイン同様、苦い思い出があるのが分かった。

「といっても幼いころに何処《どこ》かへ行ってしまったので、あまり覚えてないのですが」

「え、それってイストの外にってこと？」

「分からないんです。興が醒《さ》めたと言って急に居なくなったので。母も意味が分からず、しばらく父のことを探したんですが……見つからなくて」

「それからあの裏通りに？」

「い、いえいえ！　元からスラムに居たので、生活はほとんど変わらなかったんです！」

アインは思った。

彼女の父親はローガスなんかよりよっぽどひどいと。

ローガスには思うことがあったが、少なくとも彼は十分な食事と住む場所を与えていた。

そうした面を比べれば、バーラの父より遥《はる》かにましだろう。

「俺なんかよりよっぽど大変だったんだ」

「ですがそれからは、殿下にここへ連れてきて頂けました。それだけで私たちは幸せなんです」

「よかった。城で不便はない？」

「あ、当たり前じゃないですか！」

彼女は慌てた様子で声を荒らげた。

「……本当に十分すぎるぐらい幸せなんです」

「――――それならよかった」

「って、急に申し訳ありませんでした……っ！　こんなつまらない話をしちゃって。で、では、私もそろそろ仕事に戻りますね！」

するとバーラは大げさに頭を下げて、アインの傍を離れていく。

「何かありましたらいつでもお呼びください」

「うん、ありがと」

バーラは返事を聞いてすぐに執務室を出た。

一方のアインはやがて目を伏せ、先ほどの会話を思い返す。

「いろんな父がいるんだな」

人の数だけ家族の形がある。

皆が何かしらの苦労をしているのだろう……そう強く実感させられた。

「よっし、診断書を読ませてもらおう――――いや、その前に」

アインは立ち上がって窓を開けた。

夜のまだ少し涼しい風が入り込むと、部屋の空気が入れ替わる。

視界いっぱいに広がった星空には雲一つない。一際大きな星明かりを見つけると、病に臥《ふ》せている二人の無事を祈った。

大国への侵入者

ハイム王国から北に位置するバードランド。

そして、その更に北西へと向かった大陸の北側にあるのは、ロックダム共和国だ。ハイムに次ぐ大陸第二位の軍事力と、広大な敷地を保有する国である。

こちらの大陸も冬が終わりを迎えつつあり、徐々に春の兆しで溢《あふ》れだしていた。

「ラウンドハートと比べても遜色ない港ね」

そう言ったのはエレナだ。

ハイム人の彼女がどうしてここにいるのかと言うと、彼女はこの後、ロックダムの港から出港してイシュタリカ――――港町マグナに向かうからだ。

本来の予定にない話が進んだのは、これが第一王子レイフォンによる命令だからだ。

彼が欲していた商会の令嬢だが、結局は難を逃れて彼の下に行かずに済んでいる。しかしそうなると気に入らないのがレイフォンで、当然のようにエレナを問い詰めた。

エレナは当然、言い訳を用意していた。

前大公グラーフ・アウグストが残した仕事に従事させることで、それが国益になるのだと説明したのだ。多くの貴族やティグルも納得するほどのもので、レイフォンは仕方なく頷《うなず》いた。

だが――――。

「私に目付を命じるなんてね……まぁ、都合は良かったけど」

商船に乗った男たちが逃げ出さぬよう、港町マグナに着くまで見張れというのだ。

だがさすがにずっとではない。イシュタリカに到着したらすぐに帰ることができるが、それでも十分な長旅になることに違いはない。

とは言えエレナがイシュタリカに行くには問題がある。容姿がバレていることだ。

しかしそれも、冒険者が使う魔道具を買い取ることで解決した。それはピアス型の小さな魔道具ながら、付けるだけで髪と瞳《ひとみ》の色を変えられる優れもの。付けた後は髪型を変えて小道具で整えれば、リリ以上の付き合いである家族ですら見違えた。

身を隠すためにローブも羽織るし、万全だと確信していたのだ。

「エレナ様、船の準備が整いました」

声をかけてきたのは、船に乗り込む予定ではない文官だ。

「ありがとう。じゃあ私も乗り込まないとね」

「……今更ですが、お止《や》めになるべきでは？　万が一にも正体がバレてしまえば、あの国でどのような目に遭うのか分かりません」

「今更止められるわけないじゃないの」

肝が据わりすぎているのか、エレナは少しも物怖《ものお》じしている様子がない。

「しかし、奴《やつ》らが本当に役に立つのでしょうか？」

「もう逃げ場もないのだから、それこそ必死に動くんじゃないかしら。何もしなかったら愛する女性どころか、自分の命すら消し去られるのよ」

「確かにそうですね。奴らの身から出た錆《さび》とは言え、同情します」

「特に家族には同情するわね」

「仰《おっしゃ》る通りで。ところで、奴らに持たされた魔道具ですが……第一王子殿下はどこから入手されていたのでしょうか」

「さぁ、聞いても教えてくれなかったわ」

それは珍しい魔道具で。

「瘴気《しょうき》をまき散らす魔道具なんて、一体どこから手に入れたのかしらね」

ちなみに商船に乗り込んだ男たちに課せられた仕事は、その魔道具をイシュタリカの王都内まで運んでいき、至るところに放つという大胆極まりないものだ。

瘴気は特別な装備がなければ身体《からだ》に毒で、瞬く間に命を奪い去るだろう。

「ですが、エレナ様がこの策を受け入れるとは思いませんでした」

「あら、どうして？」

「……無作為に一般市民を狙《ねら》う行為だからです」

「それについては何も心配してないわ」

すると彼女はくすっと笑み、商船に向かう。

「私はどちらのことも信じてるから」

彼女はそれ以上を口にせず、居心地《いごこち》の悪そうな商船内に足を踏み入れる。

中は埃《ほこり》っぽくて、それはもう狭い。

エレナに用意された部屋は個室だからまだマシだが、男たちが入った部屋は足の踏み場もないことだろう。

とりあえず部屋に着いたところで荷物を置いて。

「これから数日間、この部屋で海の上を進まないといけないのね」

既に参ってしまいそうな気持ちを口にした。

イシュタリカへの道のりは長く険しい。

だがそれでも、逆らいきれない仕事のためにと、彼女は気持ちを入れ替えた。

「それに――――」

この長旅は悪いことだけではない。

自分の目で大国イシュタリカを見ることが出来るのだ。どれほどの国力差があるのか、これを確認出来ることは、決して悪くない経験になるはずだから。

◇◇◇

窓一つない木造の船内。

そこに用意されたエレナの部屋は、不快な湿度と籠《こも》った空気で居心地が悪い。だがそれでも、商人が乗る船は造りがいい方だった。冒険者たちが乗る船ともなれば、これ以上に劣悪な環境だ。雑《ざ》魚寝《こね》でトイレがない。船に使われる素材も安物のため、揺れや軋《きし》む音が厳しいのだ。

ロックダムの港を出港してから、丸一日以上の日数が経《た》ったと思う。

思う、と言うのは確信が持てないからだ。

窓がないから外の様子が分からないし、どうやら強い風と波で海面が煽《あお》られているらしく、部屋の外に出ることも叶《かな》わない。

船員に話を聞きに行こうにも、外に出る危険を冒す気にはなれなかったのだ。

「イシュタリカの船なら、昼寝でもしてれば着くって話だけど」

どんな技術で、そんな船を造ったのだろう？

技術的なことを説明されてもわからないが、それでもどのような造りなのか興味がわく。

ふと、ギィイイ――――大きく船が軋みを上げた。

商船は大きく揺れ、エレナの部屋の中が大きく傾いた。

居心地の悪さに拍車をかける環境に、今が朝か夜かはっきりしないが、寝てしまえばいいとエレナは横になる。

――――早く寝つけて、起きたらイシュタリカに居ますようにと願った。


次に目を覚ました時は、気分が最悪だった。

ドンドンドン！

部屋の外からドアを叩《たた》く音が響く。寝起きにその音は不快でたまらなく、寝心地《ねごこち》の悪い寝具のせいか、身体の調子もよろしくない。

「なによ、もう……」

エレナは身体を起こして扉に近づいた。

「お待たせしました。イシュタリカに到着です」

その声は船員のものだった。

「ほ、本当に⁉」

ドアを勢い良く開けたエレナは船員の顔を見た。

船員もまた疲れた様子だが、笑みを浮かべているのを見るに到着は本当のようだ。

それからエレナは慌てて荷物を手に持って船内を駆ける。

寝る前までの元気のなさや、寝起きの身体の強張《こわば》りは感じない。今はただ、久しぶりの朝日を身に浴びたい一心だ。

階段を上り終え、目の前に見える木の扉。

そのドアノブに手をかけて、エレナは意を決して扉を開く。

「ッ――――眩《まぶ》しい」

久しぶりの朝日が目に染みて、あまり大きく開けられない。

まだ開き切ってない目を労《いた》わりながら、彼女は外の新鮮な空気を体内に入れる。

港町ということもあって潮風の香りが強いが、それも決して悪くない。

ここはどんな町なんだろう。

まだ光に慣れきっていない目のために手で日差しを遮り、影を作って目を開く。すると視界いっぱいに広がった港町マグナの風景に、エレナの脳は考えることを放棄した。

「ここが……」

あくまでも、ここが港町マグナであると確認することしかできていない。

コバルトブルーの海が広がり、赤い屋根に白い壁の美しい街並み。だが一番強く感じたのは、その規模の大きさにある。バードランドを出るときは、港町ラウンドハートに強い自信を抱いていた。

だが、今はどうだろう。

「……比べていい場所じゃなかったのね」

勝負どころか、相手にすらなっていない。

そんな考えが、呆然《ぼうぜん》とするエレナに襲い掛かる。

実際に目にするまでは、まだ納得しきれていない部分があった。

ただ自分の想像が追い付かず、こうした現実を目の当たりにするまで理解できなかったのだ。

「ちょっとよろしいですか？」

と、先ほどの船員が話しかけてきた。

「何かしら？」

「船にいくらかの損傷がありまして……申し上げにくいのですが」

「もしかして、修理が必要なの？」

「え、ええ……それも結構大きめの修理が必要かと」

最悪だ。

少し休んだらすぐに帰る予定だったのに、これでは無理そうだ。

どうしたものかと迷っていたエレナだが。

「――――少し待っていて」

と言い、急に船員から離れていく。

彼女は前触れもなくタラップを進んでマグナに上陸した。

「こうなるであろうと思っていました」

そう言ったのは、エレナが取引をしたイシュタリカの騎士だ。

彼は今、鎧《よろい》を着ず私服に身を包んでいる。

「これを。腕のいい職人たちへの紹介状です」

「助かるわ」

「では私はこれで。こちらも動かなければなりませんから」

すると騎士と入れ替わりに、船員が近寄ってくる。

「驚きました。本当にイシュタリカの者が裏切っていたなんて」

「嘘《うそ》をつくはずがないじゃない」

不敵に笑ったエレナが商船に振り返ると、すでに男たちが動き出していた。

彼らはこれから、計画のために王都を目指すはずだ。

「大丈夫でしょうか？　ハイムのことが悟られなければよいのですが」

「心配いらないわ。私はどちらのことも信用してるから」

「……どちらのことも、とは？」

「文字通り、どちらのこともよ」

船を修理する目途《めど》は立ったものの、寝泊まりする場所がない。

路銀はあるから、すぐにでも宿を探すべきか。

「私は船が修理できた頃《ころ》に戻るわ」

エレナはこうして船を離れると、マグナの町に進んでいく。

桟橋を歩くと、いくつもの漁船が並んでいる。だが一見すると、貴族の船かと思う程に、その造りは頑強で立派だ。

加えて、近くにある軍港には何隻もの戦艦が並んでいる。

港町ラウンドハートを滅ぼすのに、何の苦労もない戦力がいくつもあったのだ。

「意味が分からない……」

同じ世界の国なのに、なぜこれほどの戦力差があるのだろう。


訳も分からず足を進め、彼女は屋台が並ぶ通りに出た。

「あ、お姉さんお姉さん！　このお魚いいでしょ！　一本どう？」

話しかけてきた店主は、如何《いか》にも港生まれな日焼けした肌に腕っぷしの逞《たくま》しい男だ。

「あら、ごめんなさい。実はまだ宿も決まってないの」

「んん？　……あーお姉さんもあれねっ！　ならしょうがないか！」

「何のことかしら」

「分かってるって！　お姉さんも今日のためにマグナまで来たんだろ！　なーら急いだ方がいい！今日は宿を取るにも一苦労だぞ！　今日は王都からあのお二人が来てるからな！」

何のことを言ってるのか分からないが、早く宿を取るべきという指摘は納得だ。

エレナは店主の前を去る。

これまで見たこともない人混みの中を進んでいき、宿がないかと探して。

これだけ大きな町なのだから、宿ぐらいすぐに見つかるはず。

――――という予想をしていた。

しかし予想はあっさりと裏切られて、エレナは数時間経った今でも宿を見つけられていない。

「悪いけどうちも昼過ぎには埋まっちゃってね、もう部屋が用意できないんだよ」

これで何軒目だろうか。

また駄目だったと分かっても、決して落胆はしていない。ただ、歩きすぎて脹脛《ふくらはぎ》が疲れているぐらいだ。

もう日が傾きだしているし、そろそろ宿を見つけたいものだ。

「少し休憩していこうかしら」

満室だった宿を出てから、少し歩いたところでこう呟《つぶや》いた。

相変わらず人通りの多い町だが、道の脇《わき》に置かれているベンチに目をやった。丁度座っていた者が立ち去ったので、誰《だれ》か座ってしまう前に腰を下ろす。

隣には灰色のローブを着た旅人らしき者が一人だ。

エレナは脹脛《ふくらはぎ》をさすり、張っていた表面を少しずつほぐしていく。

「さすがに野宿は避けたいわね」

呟きから間もなく。

「――――……あの」

隣に座る者が声をかけてきた。

「失礼ですが、もしかして今夜の宿が用意できてない……とかでしょうか？」

深く被《かぶ》ったフードのせいで、相手の口元しか確認できなかった。

しかしながら声から察するに、男性ということは分かる。

そして歳《とし》のころはまだ若いようだ。

「ええ、お恥ずかしい話ですが。実はこれほど混むなんて知らなかったんです」

「ははっ、なるほど。確かにすごい人混みですよね」

彼は外見とは裏腹に柔らかい笑い方をする人だった。

「貴方《あなた》は旅人さん？」

「残念ですが違います。普段は王都に住んでるんですよ」

「……実は貴族ってところかしら」

「貴族……貴族ではないんですけど、色々と面倒な立場といいますか」

彼は腕を組み、頭を左右に傾《かし》げて言葉に悩んでいた。

貴族でなければ大商人の子だろうか。

少なくとも、ただの平民とは思えない品を感じさせる男だ。

相手を不快にさせない口調といい、高い教養もあるように見える。

「なら詳しくは聞きません。その方が、貴方にとってもいいのでしょう？」

「はは……では、追及しないでくれたお礼でもいかがでしょう？」

「高貴なお方が私みたいな旅人と会話をしてくれた。それで私が礼をするべきでは？」

「会話をしたぐらいで礼が必要なら、商人は死んでしまいますよ」

冗談のように話を終わらせた男はすっと立ち上がる。

彼は身長が高く、エレナは彼の姿を見上げる形になった。チラッと見えた髪の毛が、男性にしては長いように思える。

「こういう時でも部屋がある宿を知っています。前に伯母から聞いたことがあるんで」

彼は言い終えると立ち上がった。

多くを語らず、エレナを差し置いて歩き出す。

エレナは少し迷っていたが、最後には彼の後を追った。

初代国王が遺したモノ

時間が少し遡《さかのぼ》る。

エレナを乗せた商船が、まだマグナ沖を進んでいた頃のことだ。

正午を回る少し前、港町マグナに王家専用水列車が到着した。

駅の中に加えて外に至るまで、辺り一帯が、過去に例を見ないほどの人混みで溢《あふ》れかえっていた。

車両を降りたアインへとマーサが語り掛ける。

「オリビア様は当然の人気でしたが、今日はアイン様をお呼びする声が多いようですね」

二人を呼ぶ声は怒号と言っても過言でないほど賑《にぎ》やかで、イシュタリカ最大級であるホワイトローズ駅の騒音にも決して負けていない。

「海龍討伐の影響かな？」

「だと思われます。噂《うわさ》に聞くところによると、初代陛下と同じぐらいの人気だとか」

「個人的にはお母様を優先してほしいんだけどね」

その声を聞いてオリビアが言う。

「私なら平気ですよ。むしろアインが称《たた》えられる方が幸せですから」

愛するアインが褒められて、オリビアが悪い気分になるはずがない。

だからだろう。

今日の彼女は一目見て分かるほど機嫌がよかった。

「この分だと町中を歩くのは難しそうかな」

ちょっと残念だが、見つかったときの騒ぎを思えば難しい。

隣にいるオリビアも同じ考えのようで、困ったように首を傾げていた。

「お二人とも、こちらへどうぞ。本来ですと民に応《こた》える時間を用意するのですが、今日はあまりの人だかりですので、民の安全を考えて取りやめにいたしましょう」

マーサが出口の方角を指示して言った。

「あー、うん。そうした方がいいかもね」

「馬車の用意がございます。今日はそちらの窓から手を振ってくだされば」

「ん、りょーかい。じゃあお母様、行きましょう」

「ええ、そうしましょうか」

一歩先に歩き出したオリビアを見て、アインが不意に思いつく。

「王女様が一人で、歩くというのもなんですし、俺がエスコートします」

するとオリビアは足を止めて、目を白黒させてアインを見た。

さぁ、と手を差し出していた彼を見ること数秒。胸元で輝くスタークリスタルに片手を添え、喜びいっぱいの笑顔を浮かべて頷《うなず》いた。

「……では王太子殿下、エスコートしてくださいますか?」

「ええ、お任せください」

アインの背丈は魔王化によりオリビアよりも高い。

頼もしさを感じさせる振る舞いに対し、彼女はすべてを委ねるように手を重ねた。

◇◇◇

馬車が進むこと十数分。

アインとオリビアを乗せた馬車が、初代国王の別邸に到着した。

周囲には民家どころか貴族の屋敷もなくて、岬の一帯が独占状態だ。駅から近く、町全体を見下ろせる絶景のここは、間違いなく一等地だろう。

土地に劣らず、別邸も目を引く造りで威風堂々と建っていた。

「思っていたよりも――」

「綺麗《きれい》な外観でしたか？」

と、ディルがアインの隣に来て言った。

「そんなとこ。よく整備されてるのが一目で分かるよ」

別邸の外観は象牙《ぞうげ》色で品が良い。

外から見た限り、四階建てぐらいだろうか。

ところで、別邸本体だけでなく庭園も目を引いて止《や》まない。

端正に整えられた生け垣。そして青々とした芝生。彩り豊かな花の数々のすべてから、熟練した庭師の腕の良さが伝わってくる。

「潮風の香りも心地《ここち》いいし、ずっと住みたいくらい良い場所だよ。ついでに町の方に行って屋台巡

りとかしたいんだけど」

「ははっ、絶対になりません」

「だよねー」

それから一頻《ひとしき》り、景色《けしき》を楽しんでから歩き出す。

「お母様たちも中に入ってるし、俺たちも行こっか」

「ですね。参りましょう」

入り口へつづく石畳の上を進んでいくと、分厚い木で造られた扉の前に着く。

アインがやってきたことに気が付き、近衛《このえ》騎士が扉を開けた。

別邸内部の床も木製だ。

歩くたびに、カツン――――と乾いた音が鳴る。

宝物と言えるようなものはあまり飾られていないようで、すっきりとした内装をしている。

「俺の部屋はどこになってるの？」

「最上階の四階ですね。初代陛下のお部屋もお近くにあるようですので、もしよければ足を運んでみるのもよろしいかと」

「じゃあ、時間ができたらお邪魔させてもらおうかな」

上層階へは、翼のように左右に広がる両階段を進むようだ。

「…………あれって」

両階段の隅に小さく、扉があった。

「あちらは恐らく、地下への階段でしょう」

「なぜか開かないっていう、例の？」

「はい。ですが足を運んでもよいとウォーレン様が仰《おつしや》っていましたよ」

「へぇー……じゃあ後で行ってみるよ」

とりあえず今は用意された部屋に向かおう。

アインは両階段を進み、最上階へと向かって歩く。

「ねぇ、ディル」

「どうされましたか？」

「地下室って何か秘密でもあるのかな？」

「私には何とも……開かずの扉ですので」

「お爺《じい》様にも聞いたんだけど、昔の王様が調べようとしたことがあるらしいんだ。でも、何をしても開かなかったから断念したらしい」

「では……意図的に封印されているのでしょうか？」

「あ、俺もそう思ってたんだ。例えば初代陛下しか開けられない……とかね」

「なるほど。それでは開けるのが難しそうですね」

アインはそれでも気になるから、結局は足を運ぶだろうが。

「中に何があるんだろうなー」

しかし強引に入ろうとするのは好まない。

まるで家探《やさが》しのようで、いい気分がしなかったからだ。

荷ほどきを終えたアインは自室を出て、オリビアの部屋に足を運んだ。

「俺の部屋と内装が同じなんですね」

「ふふっ、そうですよ。お屋敷と宿の中間……みたいな感じでしょうか」

部屋の中はリゾート地に設けられた別荘のような雰囲気をしていた。

植物を編んで作られた調度品と、白い塗り壁の組み合わせに南国感がある。巨大な窓からはコバルトブルーの海辺が一望できて、これまでと違う空気感だ。

いつもと違う部屋を楽しんでいるアインとオリビア。

二人に対して、マーサが遠慮がちに語り掛ける。

「恐れ入りますが、お聞きしてもよろしいでしょうか？」

「私にかしら？」

「正確にはお二方にですが、お聞きしたいことがございまして……」

なんだろう。

顔を見合わせた二人はソファに腰を下ろす。

「いいわよ、何かしら？」

「実は前々から気になっていたのですが、お二人の身体《からだ》に海風はその……体調に悪影響が出たりはしないのですか？」

「あ、あらら……？　どうしてそんなことが気になったのかしら？」

困ったような表情を浮かべてオリビアが尋ね返した。

「お二人はドライアドですので、潮は悪影響なのかと心配だったのです」

「ああ！　そういうことだったのね！」

オリビアは合点がいった様子で頷いた。

するとすぐに片手の人差し指を立てると、唇に当てて天井を見上げた。

「うーん……以前は港町に住んでたことがあるんだけど、その時は大丈夫だったわね」

「以前は港町に……？」

「ええ。実はそうなの」

明らかにラウンドハートでのことだろうが、オリビアは頑《かたく》なにその名を口にせず、ただの世間話のように語りはじめた。

「当時はアインと海辺にお散歩も行ってたもの。でも何ともなかったわよ」

「それは安心いたしました」

マーサは笑みを浮かべて頷くだけで、港町については言及しなかった。

それどころか、拳《こぶし》を強く握って血管を浮かべている。

ラウンドハートのことを思い出させてしまったことへの後悔か、それとも単純にあの家への怒りのせいか。

当然、アインの予想ではどちらもだった。

「あっ、ほら見てアイン。あそこにたくさん魚がいますよ」

「ほんとだ。たくさんいますね」

窓の外、岬から見える海中を泳ぐ魚たちの群れがあった。空から注がれる日光に照らされ、銀色に輝いている。

王都の港では決して見られない光景だった。


——コン、コン。

部屋の扉が静かにノックされる。

「私が」

と、マーサが扉の方に向かう。

外に居たのはディルだ。

「これをアイン様にお渡ししてください」

彼は小さな封筒をマーサに渡すと、すぐに扉を閉めてしまう。

「どうしたの？」

「ディルから預かりました。アイン様にとのことでしたが」

「俺に？　何だろ」

受け取ってすぐに中を検《あらた》めると、収められていたのは簡潔な報告書だ。

それによると、駅の人だかりは徐々に収まってきていると。人だかりのせいでちょっとした小競り合いなどもあったが、怪我《けが》人は出ていないと記載がある。

こればかりはどうしようもないだろう。

アインは一通り読み終えたところで、封筒を懐にしまい込んだ。

「……少し早いけど、お風呂《ふろ》に入ろうかしら」

オリビアはソファから立ち上がってマーサを見た。

「手伝ってくれる？」

「承知いたしました。ではこの間は、アイン様へと別の給仕をお呼びしましょう」

「あぁ、それはいいの。アインにはお使いを頼むから」

お使い？

目を点にしたアインにオリビアは尋ねる。

「アインは町に行きたいんですよね？」

駅構内で確かにそう言った記憶がある。

「行きたいですけど……難しいと思います」

「平気ですよ。お父様から借りてきた良い物があるから」

「オ、オリビア様⁉」

「いいの、マーサも心配しないで。実はお父様がこれを見越して貸して下さったの。アレを羽織れば誰《だれ》にもアインだってバレないから大丈夫よ」

すると彼女は立ち上がり、近くに置いていた鞄《かばん》に手を伸ばした。

「姿がバレなくとも危険でございます。何かあったら――」

「途中からリリが合流してくれるから、平気よ」

「いつの間にそのようなことに……？」

「王都を発《た》つ前に、ウォーレンが私たちのためにって派遣してくれたの。あの子がいるならマーサだって安心よね？」

「え、ええ。何せリリ様はうちのディルよりも強いですし」

「じゃあ問題解決ね。アイン、こっちにいらっしゃい」

呼び声に応じたアインは、オリビアが取り出した灰色のローブに目を向けた。

地味な色合いだが、生地は決して安物に見えない。

シルヴァードが渡してきたのだから、普通の品ではないはずだ。

「このローブは海龍のときにアインを守ってくれた大地の紅玉と似た性質があるんですって。でもそれほど作るのに時間とお金がかかるものじゃないから、命までは守れないみたいなの」

「へぇー……でも深く被《かぶ》れば顔が隠せますね」

「ふふっ、お忍びにぴったりでしょう？」

するとオリビアはローブを広げ、アインの背中に回った。

「お父様も昔はベリアに隠れて、これを着てお忍びしてたことがあるそうですよ」

「えぇ……お爺様が……」

一瞬、何をしてるんだあの人は、と頬が引きつった。

しかし同じ王族で、未来の国王である自分も袖《そで》を通している。

ある種の似た者同士と言えるだろうか。

「一時間ぐらいしたら帰りますね」

「分かりました。私はお風呂に入ってますから、気を付けて行って来てね。……それと、一応お使いだから、町で売ってるものでも買ってきてもらおうかしら」

そんなのお安い御用だ。

最後に「いってらっしゃい」と抱きしめられた後、アインは日が沈みはじめているマグナに繰り出していった。

◇◇◇

岬から堂々と進むと、確実に怪しい。

初代国王の別邸から灰色のローブを着た者が現れて、一直線に町を目指すなんて、怪しい光景以外の何物でもない。

だから、裏道を通った。

裏道と言っても大した道ではない。岬の海側には、砂浜に降りられる道があるのだ。

そこを降りて町の方に向かうと、単純に目立たないだろうということで……。

「すごいお忍びっぽい」

アインの少年心がくすぐられていた。

それにしても、海辺が真っ赤《まか》だ。

マグナの夕暮れは、海をも赤く染め上げる。地平線のかなたまで、余すところなくその色が広がっていた。

桟橋付近に並ぶ船は漁が終わったものや、夜の漁の支度をしているものまで様々だ。

アインは港の隅からその光景を眺め、うんと背を伸ばした。

不意に鼻孔をくすぐった香ばしい風によだれが出る。

「これはいけない……急がないと」

屋台が自分を待っている。

これまでのゆったりとした歩きから一変して、急ぎ足で大通りへ向かって行った。

徐々に香ばしさがより強く、人の声とともに増していく。


やがて屋台が並ぶ通りの端に差し掛かった。

左右に並ぶ数えきれない屋台が、港から現れたアインを出迎える。

どこから足を運ぶべきなんだ。

「私です！」

思いがけず物陰から現れたリリがアインに声をかけた。

彼女もまたアインと同じくローブに身を包んでいて、二人が並ぶと、さながら旅の最中《さなか》にある夫婦か、はたまたパーティを組む冒険者のようだ。

「早速来てくれて助かったよ。どこから見て回ればいいかな」

「外れはないと思うので、気になったお店をとことん！　ってのが正解だと思います」

「そりゃいいね。せっかくだしリリさんも楽しんでよ」

「やー、さすがに私は護衛ですし、アイン様の隣で仕事を忘れて楽しむなんてとても——ちなみにあの屋台とかどうです？」

彼女が指さしたのは、炭火の煙を漂わせる屋台だ。

「よだれ垂れてない？」

アインが自分の頬を触り、彼女にも触るように促した。

「いやいやそんなまさか――――って！　垂れてないじゃないですか⁉」

自分の頬によだれが垂れてないことを確認し、リリは若干恥ずかしそうに、それでいて、してやられたと悔しげに唇を尖《とが》らせる。

何はともあれ、二人は屋台に向かう。

周囲のある店は炭火、またある店は鉄板の上で焼いている。

ところでマグナは港町だが、名物は海鮮だけではない。ここは大陸イシュタル最大の港という役割も担っており、大陸中から多くのものが集まってくるからだ。

冒険者の町バルトからは、魔物の素材や肉だって運ばれている。

港から内陸方面に行くことで、商人たちで賑《にぎ》わう場所だって存在する。

つまり――――。

「屋台の煙は、イシュタリカそのものなのかもしれない」

「ということは視察と言っても過言ではないですね！」

大義名分を得たリリが嬉《うれ》しそうに言った。

二人が足を運んだ屋台は店先に海産物も並べていて、大人が数人並んでも勝てなそうな大きさの魚が鎮座していた。

よく見れば魚の腹が開かれていて、ブロック状に削り取られている。

「でっか」

「おう！　あれは今日水揚げされたサーペントフィッシュよ！　絶品なんだけどな、値が張るってんで買い手がついてねぇ！」

「美味《おい》しいんだ」

「旨《うま》いってもんじゃねえぞ。本来なら王家献上品にしたいところだ」

「ですです。私もあんまり食べたことないですけど、絶品ですよ」

「ただ日持ちしなくてよ、あまり長時間の輸送に向いてねぇ。だから城に届けるには色々と準備がいるってわけよ」

（道理で食べたことがなかったわけだ）

となれば見過ごすには惜しい。

「何かの縁だし、その魚を貰《もら》おうかな」

「……正気か？　あほみたいに高いぞ？」

店主からしてみれば、ローブを着た二人は金持ちに見えない。

だから店主は懐疑的な目線を向けていたのだが。

「じゃあお買い上げでお願いしますー！　私たちが去ってから支払いとか来ると思うんで！」

「――あ、あぁん？」

土産《みやげ》にしては大きすぎる気もしたが、いい買い物だ。

近衛《このえ》騎士や使用人の皆にも振舞えば喜んでくれるだろう。

アインが去ってから間もなく、サーペントフィッシュはすぐに買い取られた。

唐突に現れた正規騎士が城に請求をと言い、すぐに別邸へと運んで行ったのだ。

店主も馬鹿じゃない。

さっきの客の言葉を思い返して、その正体をすぐに看破した。ただ同時に騎士から強く口止めをされたことで、驚きの表情を浮かべたまま仕事に戻った。


一方のアインとリリは、また別の屋台の前に居た。

「旅人さんか冒険者さんだろ？　せっかくマグナに来たんだから、出店通りを楽しまにゃ損ってもんだ！」

「あ、ここは出店通りって言うんだ」

「地元で使ってるだけの通り名だけどな！　で、串焼《くしや》きでもどうだい？」

「んー、どうしようかな」

声をかけた店主の出店を見ると、串に刺された多くの貝がある。

それが魚醤《ぎょしょう》で焼かれ、美味しそうに湯気を立てていた。

看板には１００Ｇとの記載があり、想像以上に安価だった。

「こんなの、食べなきゃやってられませんね」

「確かに」

リリの言葉に応じてあっさりと金を払った。

「はいまいど！　美味《うま》かったら帰りにでもまた寄ってくれや！　うちは夜もやってるからよ！」

威勢のいい店主と別れ、アインは歩きながら串を口元に運んだ。

「……こりゃ、やばいね」

「やばいですねー……何かもう、やばいって言葉しか出ないですね」

分厚く育った貝柱に、幅が広い貝ヒモ。それが一、二、三……合計五つだ。

香り高い魚醤のしょっぱさも嬉しい。

食欲をそそって止《や》まない湯気も吸いこみながら、残りを一気に頬張《ほおば》った。

貝柱は弾力が気持ちいい歯ごたえで、貝ヒモもコリコリという音を立てて歯切れがいい。

アインは最後の一口を咀嚼《そしゃく》するまで美食を楽しんだ。

「大体さ、こんなのが一本100Gってのが犯罪的だよ。もう騎士に通報するレベルの案件だよ、これは」

「念のために帰りにも視察していきます？」

「重要な任務だからね。そうしよう」

すると。

「あーららそこのローブの方たち！　串焼きだけじゃだめだよぉ！」

「ん？　俺たち？」

新たな屋台の店主は、アインの串が空いたのを見て声をかけてきた。

「そうよぉ！　貝だけ食べてないで、魚も食べなきゃ！」

――――店先には大きなグリルがあった。

店主が扇《あお》いで風を送るたびに、炭の香りと魚が焼ける香りがアインを包み込む。

「うちのは朝獲《と》れた魚より新鮮だから！　うちでは夕方に運ばれたばっかりの、一番新鮮なのしか使ってないのよ！」

食指が動かないはずがない。

アインはほぼ無意識に財布を開けて。

「ほい、300G」

もはや何も言うまいと、二人分の金を支払った。

「骨も頭も全部食べられる魚だから、どこまでも食べちゃって！」

そうして手渡される塩焼きは、手に持つと炭の香りに魚の油が合わさって、アインの唾液《だえき》を更に分泌させる。

皮の上では油が音を立てるほどの焼きたてだ。

「むむっ……むむむ……」

パリッと音を立てた皮の奥に、熱々に焼けた白く濃厚な身が詰まっている。

身の味は淡泊ながらも、油の香りと炭の香りが丁度いいアクセントだ。

「……さすがマグナだ。塩まで違うのか」

カリッ、と音が鳴るほどの粗塩が少ししょっぱいぐらいに振られており、淡泊な身にはそれが嬉しかった。

「これが150Gって危険すぎる。お爺《じい》様にも報告しとかないと」

「アイン様も意地悪ですね。陛下だって食べたくなっちゃいますよ」

話を聞いたシルヴァードに出来ることと言えば、唾液を分泌させて悔しそうにすることぐらいだ。

「あ、旅人さん！　うちにも寄ってってよ！」

――――望むところだ。

アインとリリの出店通り巡りは、ここから本番を迎える。


あれからいくつの出店を回っただろう。

どれも味が良すぎて、甲乙つけがたいものしかなかった。今のアインとリリは空いていたベンチに腰を下ろして町の様子を眺めている。

「たくさん食べましたねー」

「何なら後半戦も楽しみだけどね」

「あいあい、お供しますよー！」

かなり歩き食いをしたせいか、それなりに身体《からだ》が重くなっている。

呼吸を繰り返すたびに咀嚼した海鮮が身体にしみこむような、満足感しかない怠惰さにすべてを委ねていた。

二人が休憩すること数分。

「むむ」

リリが立ち上がった。

「何か連絡が届いたみたいなので、席を外しますね」

「ここでもいいんじゃない？」

「万が一誰かに聞かれたら面倒なので……あ、私の部下が周辺にいるので、護衛については心配しないでください！」

彼女は少ししたら戻ると言って姿を消した。

さて、一人残ったアインは引き続き身体を休めていたが、先ほどまでリリが腰を下ろしていた席に、また別の人物が腰を下ろした。

アインとリリの二人と同様に、ローブに身を包み疲れた足取りでやってきて。

(なんか親近感)

そう思っていると、声が届く。

「……さすがに、少し足が疲れてきたわ」

顔までは見えなかったが、声から察するに女性のようだ。

そのひとりごとを口にすると、彼女は自分の足をさすりだす。

彼女も歩きつづけたのだろうか?

アインはそう思って、不躾《ぶしつけ》ながら彼女の様子を窺《うかが》った。

「野宿は避けたいわね」

野宿だって?

マグナに来てまで野宿と聞いて、どうしたのかと気になった。

「————……あの」

だからつい声をかけてしまう。

「失礼ですが、もしかして今夜の宿が用意できてない……とかでしょうか?」

相手の女性は少し戸惑っていた。

だがすぐに気を取り直して返事をする。

「ええ、お恥ずかしい話ですが。実はこれほど混むなんて知らなかったんです」

「ははっ、なるほど。確かにすごい人混みですよね」

「ところで貴方《あなた》は旅人さん？」

「残念ですが違います。普段は王都に住んでるんですよ」

「……実は貴族ってところかしら」

「貴族……貴族ではないんですけど、色々と面倒な立場といいますか」

きっと王族は別枠だからだ。

「なら詳しくは聞きません。その方が、貴方にとってもいいのでしょう？」

何か事情があると察してか、彼女はあっさりと話を流した。

アインはその物分かりの良さに感謝しつつ、口角を上げて言う。

「はは……では、追及しないでくれたお礼でもいかがでしょう？」

「高貴なお方が私みたいな旅人と会話をしてくれた。それでは私が礼をするべきでは？」

「会話をしたぐらいで礼が必要なら、商人は死んでしまいますよ」

リリを待つつもりだったが、話を聞くとこの女性も見捨てておけない。

近くに居るというリリの部下たちが事情を話してくれるだろう。アインはそう思って、この女性の案内をすることに決めた。

「こういう時でも部屋がある宿を知っています。前に伯母から聞いたことがあるんで」

前にカティマから聞いたことがある。

何でも、貴族が泊まるような宿では常に部屋を空けているんだとか。

急に上位貴族が足を運んでもいいようにしているらしい。

（宿が空いてないのは俺のせいだろうしね）

他にも彼女のような境遇の者はいるかもしれない。

全員に手を差し伸べることは出来ないが、アインとしては、せめて自分の視界に映った者のことは助けたい。

「急いで向かいましょう、多分あっちの方だと思うんで」

そういえば彼女の予算を聞いていなかった。

いざとなったら、自分が出そう。

自分がした仕事でもらった給料からなら、国民に対しての不義には当たらない。アインはそう考えて足を進めた。

◇◇◇

結論を言えば、目的の貴族が泊まるような宿はすぐに見つかった。

しかし宿の店主が言う。

「部屋はないわけじゃないのですが、すぐに用意できるかと聞かれると……」

店主は暗に、冒険者には支払えないと思うと告げていた。

あくまでも相手を不快にさせまいという振る舞いだ。

アインからしても、邪険《じゃけん》にされなかったことには好感を覚える。なぜなら今の自分は一見すれば旅人か冒険者のような出で立ちだ。門前払いにされることも想定していた。

「お金なら大丈夫ですから、お願いします」

「む、むむむっ」

悩み始めた店主が、腕を組んで考えだす。

いざとなったらフードを取って顔を見せるという最終手段もあるが。

「一度、お値段についてご相談いたしましょう」

仕方なさそうに店主が言う。

「あ、あの。そこまで無理しなくても……」

アインが案内してきた女性が困ったような声を上げた。

しかしここで引いては、部屋を用意することが難しくなる。

ふと、アインの近くを男が歩いていく。

「オーナー。搬入終わりましたんで、これで失礼しますね」

食材か何かを搬入したのか、男は木箱を抱いて歩いていた。

前が見えづらそうだなーとアインが思っていると、案の定――。

「も、申し訳ありませんお客様ッ！」

彼はアインと肩がぶつかった。

するとアインのフードが捲《まく》れてしまい、顔が店主やほかの客の視線に晒《さら》されてしまった。

「……お、お客……様……？」

皆がアインの顔を知らないはずがない。

店主だけではなく、すれ違った男も驚きの表情を浮かべて見つめていた。

一同は開いた口がふさがらず、驚きの表情を浮かべるばかり。

アインはローブを着た女性に顔を見られる前に、すぐにフードを被《かぶ》り直した。

「ごめん、こちらの方に一部屋用意してもらってもいいかな？」

こうなっては隠せないため、アインは開き直って店主へと頼む。

「も、ももも……もちろんでございます！　お、おい！　こちらのお客様をお通ししなさい！」

「待ってくださいっ！　お代金は⁉」

部屋に通される前に、ローブの女性が慌てて尋ねる。

「お代金はこちらですが……如何《いかが》いたしましょう」

店主は料金表を女性に見せていたが、アインの方を見ていた。

料金はいざとなったらアインが出すつもりだったため、料金表を自分がとって、支払いは大丈夫と言いそうになったのだが。

「大丈夫です。期間は未定ですが、ひとまず三日分お支払いしますから」

と、ローブを着た女性があっさりと支払った。

もしかしたら彼女も貴族だったのかも。

だとしたら宿をとっていなかったのも変な話だが、大金をあっさりと支払った彼女を、アインは不思議そうに眺めていた。

「お支払いはお部屋で結構ですので、まずはご案内いたします」

「よかったですね。ゆっくり休んできてください」

「ほ、本当にありがとうございました……ッ！　是非、何かお礼をッ！」

「いいですよこれぐらい、気にしないでください」

何度も何度も頭を下げて、彼女はようやく階段を進む。

少しすると姿が見えなくなり、アインは彼女の助けになれたことを喜んだ。

さて。

お忍びの最中なわけだし、頼むぐらいはしておこう。

「……お忍びで町に来てるんだ。口外しないでもらえるかな？」

困ったように微笑《ほほえ》むアインを見て、店主だけでなく宿に居た皆が承諾した。

「もちろんでございます！　殿下のお言葉とあらば命に懸けて！」

「い、いや……そこまでしなくていいんだけど」

そう言うと、アインも宿から去ろうとする。

しかし店主に止められて。

「無礼を承知でどうか……どうか握手をしていただけませんか？」

何事かと思えば、そんなことか。

「はい。こっちこそ無理を言ってごめんね」

そう言って両手で店主の手を包みこむと、彼は恍惚《こうこつ》とした顔で言う。

「……この手は一生洗いません」

「お願いだから洗ってね」

苦笑して言うと、アインは宿を出た。

外には予想通りリリが待っていて、彼女は楽しげに笑っている。

「楽しそうだけど、何かいいことあった？」

「予想外に楽しいことがありました。安物の魔道具で姿を隠せてる気になってる、可愛《かわい》らしい元上司が居たんですよ」

「何それ、俺以外にも誰か貴族がお忍びでもしてたの？」

「ですです！　ちょっと特殊な貴族なんですけどね」

アインはそれを聞き、リリと同じく笑みを浮かべて歩き出す。

最後にオリビアへの土産《みやげ》を買って、はじめてのお忍びは幕を下ろした。

◇　◇　◇

土産を皆で楽しんだ日の夜、アインはふと目を覚ました。

ベッドの寝心地《ねごこち》が悪かったわけじゃないし、騒音があったわけでもない。

ただ純粋に目が覚めてしまっただけで、特に理由はない。

「――――寝付けない」

ベッドの上で寝がえりを繰り返しても眠りにつける気配がなかった。

身体《からだ》を起こして水を飲み、窓の外を見た。

海面が星明かりに照らされている。

また、海中で光を発する魚がいるのか、時々、蛍のように瞬くのが分かる。さすがに今から海に近づくのは憚《はばか》られるが。

「あそこなら、行っても大丈夫か」

別邸内にある、開かずの地下室のことだ。

アインは軽く着替えて部屋を出ると、薄暗い廊下を進んでいく。


下の階では近衛《このえ》騎士が立って警備にあたっている。

彼らと軽く言葉を交わし、地下室に行くと言ったら笑われてしまった。

それは決して嘲笑《ちょうしょう》ではなく、未知に向かって行くアインらしさにだ。

両階段の近くにある扉を開けると、地下につづく石造りの階段があった。アインが物おじせずに下りていくと、階段が終わったところに、巨大な扉が構えていた。

「――――宝物庫みたいだ」

思い出したのは城の地下にある宝物庫だ。

扉に付けられたいくつもの魔道具に既視感を覚えてならない。

さて、ここまでは少しも問題がなかったのだが、この先が問題で……。

「扉は開かないわけだ」

歴代の国王も、そしてシルヴァードもそう言っていた。

アインも初代国王しか開けられないのでは？　と予想したぐらいで、本音を言うと、扉を開けられると思って足を運んだわけじゃない。

純粋に観光のような感覚だった。

「中に何があるんだろ……宝かな」

別に宝探しに興味はないが、初代国王が残したものと思えば興味がわく。

昨年、魔王城で知った事実もある。

憧《あこが》れの人物がこの地下室で何をしていたのか、気になって仕方ない。


しかし、開かずの扉だ。

扉に鍵穴《かぎあな》のようなものはなくて、どうやって開けるのか想像もつかない。

もうそろそろ部屋に戻ろうか。

そう考えて、最後に扉に触れた刹那《せつな》――――。

「……え」

扉に付けられた魔道具が不意に動き、縦一直線に並んだ。

するとカチッ、と乾いた音が辺りに響き渡る。

「開いた……？」

まさか、どうして。

訳も分からず手で押すと、扉が左右に開く。

徐々に明らかになる地下室の内部には、宝物が収められていることはない。

地下室の造りは品のいい書庫のよう。

左右の壁一面に作られた本棚には隙間《すきま》なく本が並べられ、奥には大きな机が一つだけ置かれていた。

アインが目を細めて見ると、机の上には開かれたままの本が一冊ある。

「…………行こう」

よく分からないが、扉は開かれたのだ。

足を踏み入れると同時に、扉が自然に閉じられる。だが、アインは帰りの心配をするよりも、初代国王が残した地下室への興味が勝っていた。

両脇の本棚も気になるが、まずは机だ。

「書きかけなのかな」

開いたままの本を手に取ると、書かれていた文字に目を見開いた。

『また多くの種族が奴《やつ》に従いはじめた。俺たちの声に耳を傾けることはなく、姉上の欲求に応《こた》えるように力を奮っている』

つづけて。

『父上と母上はどうしているだろう。姉上のことを止めようとしてるのだろうか』

と、書かれていた。

間違いない、これは初代国王が残した日記だ。

『数えきれない仲間が死んでしまった。姉上はどうしてしまったんだ。俺が姉上と戦うしかないのだろうか』

アインは更にページをめくる。

するとしばらく白紙のページがつづいた。

次に書かれていたのは、悲痛な文章だ。

『俺は姉上の命を奪った』

そして、何ページにも亘《わた》って懺悔《ざんげ》の言葉が綴《つづ》られている。

だがその言葉が終わると、また赤狐《あかぎつね》について書かれていたのだ。

『あの女が逃げるときに言っていた。お前を——俺《ジェイル》を絶対に許さないと。どうしてか理由は言わなかったが、俺が幸せになることを許さないと言っていた。俺は奴を殺そうとしたが、奴は数多くの魔物を使い、俺の追跡から逃れてしまう。奴らはこの付近から海を渡ったと戦士から聞いたが、これ以上の追跡は困難を極める。俺にはイシュタリカ再建の義務があるのだ』

文字を見るだけでわかる。

心からの怒りとやるせなさが、節々に表れていた。

『新生《かい》イシュタリカ建国より一年が経《た》つ。今日を以《もっ》て赤狐の調査を打ち切ることとした。俺が退位した後でまたこの部屋を使うかもしれない。だから日記と共にここは封印する』

日記はここで終わっていた。

読み終わった後のアインは少しの間、目を閉じた。やがて一人頷《うなず》いて、本棚にある資料に手を伸ばしたのだ。

◇　◇　◇

翌朝、別邸が騒がしかった。なぜならアインの姿がなかったからだ。

彼の姿を最後に見た近衛騎士は、地下室に向かったとディルに伝えていた。

「オリビア様が起きる前に調べなければ」

ディルが大急ぎで地下に降りるも、扉は閉じたまま。

本当にアインはこの中にいるのだろうか。

考えに考えて、ディルは乱暴に扉を叩《たた》いた。それが初代国王の残したものだと知りながら、今は主《あるじ》であるアインのことしか頭にない。

数十秒ほど叩いた頃《ころ》だろうか。

「扉が……ッ⁉」

ふと、扉が左右に開きだしたのだ。

すると中から、眠そうな目をしたアインが姿を見せる。

「あれ……ディル？」

「アイン様ッ！　ご無事でしたかッ⁉」

「あ、ああ……ごめん、心配かけちゃったんだ」

いつもの様子で言うアインが地下室を出ると、やはり扉が自然に閉じた。

「当たり前です！　そ、それにどうして扉が……ッ⁉」

「分かんないけど開いたんだよね」

「……いったい、中で何があったのですか？」

アインはどう答えようか迷ってしまう。

何を見たのか教えてしまえば、初代国王が隠したかった事実を言うことになるからだ。

「初代陛下が遺《のこ》した本とかがあった。けど教えていいものか分からないから、お爺《じい》様に聞いてから皆にも教えるよ。悪いけど、近衛騎士たちにも地下室のことは秘密にしてもらえると助かる」

「──承知いたしました」

「ごめんね」

「構いません。私はアイン様が無事ならばそれで」

「いつも助かってるよ。──さてと、公務まで少しだけ寝ようかな」

「中で何があったのか分かりませんが、寝ていらっしゃらないのですか？」

「残念なことに、夜に目を覚ましちゃったんだ。さっきまでずっと中にある本を読んでたからさ」

「本……ですか」

「あ、一つ聞きたいんだけど」

地上につづく階段を進むアインは、足を止めて振り返る。

「孤独の呪《のろ》い、って聞いたことある？」

「いえ、存じ上げませんが……」

「ん、分かった。ありがと」

一体それはなんですか？　この言葉をディルは飲み込んだ。

今の言葉は、アインが初代国王の日記を読んでいる時に目にした言葉だ。裏表紙近くのページに書かれていたもので。

（……赤狐の長は、孤独の呪いというスキルを持っていた）

これは初代国王が調べた情報だ。赤狐の長は呪いの知識に長《た》け、その知識とスキルを用いて魔王アーシェを操っていたのだと。

そして人為的に暴走させたと書かれていた。

ただ、どうしてアインが扉を開けられたのかは分からない。疑問は尽きないながらも、新たな情報を得られたことはありがたい。

アインは重くなった瞼《まぶた》をこすり、後でまた地下室に足を運ばなければと考えた。

◇◇◇

この日の公務は記念式典のようなものだ。

町の中央に位置する広場に貴族たちが集まっていた。

アインとオリビアはドライアドということで、記念の植樹をすることになっている。名目としては、この町を救ったアインの再来を祝ってといったところだ。

「近衛騎士、異常ありません」

「警備隊も同じく」

いつもながら厳重な警備だと思うが、多くの騎士がディルへ報告に来ていた。

「承知した。では引き続き任務に移ってくれ」

彼はもう命令を下すのも慣れた様子だ。

まだ二十歳《はたち》になっていなくとも、貫禄《かんろく》のある姿に見える。

「マーサさん、ディルが頼もしいね」

「そうなってくれなくては困ります。元帥の子で王太子付きなのですから」

そう口にするものの、マーサの口角は上向いてる。

「それに、それを言うならアイン様ですよ」

「ん？　俺？」

「はい、貴方様です。アイン様は本当にご立派になられました。城の者も、アイン様の治世を心待ちにしている者ばかりです」

急に話題が変わり、アインに向かった。

二人の会話を聞き、オリビアがアインの背後から近づいてきた。

「私のアインですもの。立派になって当然よ」

彼女はおもむろにアインを後ろから抱きしめた。

「分かりましたから、公衆の面前でそのような振る舞いはご遠慮ください」

「はーい。分かりました」

名残惜しそうに離れていくオリビアは、マーサを伴って席を外した。

先ほどのスキンシップを照れくさそうに笑っていたアインの下に、ディルが駆け足で近寄ってきた。

「お待たせいたしました。なにか賑《にぎ》やかだったようですが」

「……ディルに貫禄が出てきたなって話だよ」

「そ、それは光栄ですが、どうして急にそんな話を……」

「色々あったんだよ」

アインはそう言うと、間もなくに迫った植樹のことを考えた。

記念植樹は予定通りにはじまった。

アインがマーサに褒められてから十数分後のことだ。

はじめに主催者の貴族が軽く演説するように語ってから、参加者全員に、麻袋に入った木々が配られる。

周りを見れば参加しているのは貴族だけなのが分かる。

だが少なくとも、王女と王太子へ気軽に話しかけられるような者はいない。近衛騎士ならば仕事上致し方ないが、貴族たちとアインたちの間には、一定の距離が保たれていた。そして間には近衛騎士が立ちはだかる。

「結構植えるんだね」

「確かに、なかなかの規模ですね。最初にこの町の貴族が、マグナの英雄と、その聖母様が来た記念……と言ってましたから」

英雄と言われれば、背筋が少しこそばゆい。

「お母様が聖母ってのは当然だけど。俺が英雄って言われるのはくすぐったいね」

「ですがそう呼ばれるだけのことをしましたから」

「まぁ派手なことはやったけどさ」

「懐かしいですね。城を飛び出したアイン様と共にこの町に来た日のことは、今でも鮮明に思い出せます。首を切られる覚悟をしていたことも、今となってはいい思い出ですよ」

「……俺はいまでも感謝してるよ」

あの時は確か、ディルに名前で呼ばれるようになって間もなかった。

「王家専用列車を動かしたり、船で突進したりしましたね」

「結構危ないことしてたよね？」

「いえ、結構どころじゃないです。むしろ自殺行為みたいなものでしたが」

真顔でそんなことを言われ、ばつの悪い表情を浮かべるアイン。

「……」

「……」

二人は黙って目線を交わした。

やがてアインは苦笑して、口を閉じたディルに言う。

「…………次はもっとうまくやるよ」

「次はないようにしてください」

それはディルの心の奥底からの願いだった。


参加者の多くが植樹を終えた頃《ころ》、主催側の貴族の一人がやってきた。

「ディル護衛官殿、よろしいでしょうか」

「ええ、どうなさいましたか」

「王太子殿下と第二王女殿下のお二人に、最後の植樹をお願いしたいのですが……」

と言って貴族は手を向けた。

ディルがその方角を見ると、ひときわ目立つ場所が残されていた。

既に大きめの穴が掘られていて、隣には麻袋に入った苗木が置いてあった。

それを確認してから、ディルがアインの方を向く。

「俺はいいよ。お母様はどうですか？」

「アインがしたいことなら、私は何でもしてあげますよ」

いつものようにアイン全肯定の彼女らしい。

二人は貴族の後をついて、用意されていた最後の植樹をするために足を進めた。

穴の前に着いたところで近衛《このえ》騎士が周囲を囲み、睨《にら》みを利かす。

心配しすぎじゃないかな——とアインは思わないこともないが。

「仕方ないか」

「はーい？　何か言いましたか？」

「何でもないですよ。さっそく植樹しましょうか」

麻袋はこれまでのものよりも重かった。

けど、今のアインならどうってことない。

穴の中にそっと麻袋を置いて、二人はそこへ砂を掛けていく。

最後にオリビアがジョウロを手に持って、乾いた土に水を掛けた。土の香りが舞い上がり、徐々に水を吸って、濃い茶色に変わっていく。

「いい土みたいですね」

「あら、アインもそう思ったんですか？」

「ですね。なんとなく栄養がありそうだなって思いました」

「実は私もなの。ドライアドだから分かったのかもしれませんね」

オリビアはそう言って、慈愛に満ちた瞳《ひとみ》を苗木に向けた。

大きくなるんですよーと優しく言うのを聞いて、アインも何か言おうかなと考える。

特に気の利いた言葉は思いつかず、結局、同じような言葉を口にした。

「大きくなれよー」

根元を優しく叩き、苗木に語り掛けるように。

……これにて植樹は終わりだ。


――――ゴク。


何かを飲むような音がした。

「ディル、今なにか飲み込んだ？」

「私ではありませんが……今の音はなんでしょうか」

一瞬だが、何かを喉《のど》が通るような音が聞こえてきた。

するとまた、ゴク――――と音がする。

今度は何処《どこ》から聞こえてきたのか、はっきりと方角が分かった。

どうやら隣にいたオリビアも同じ様子で、二人は同時に同じ方向を向いた。

「下から聞こえましたね」

「ええ……私もそう思います」

訳が分からず、アインはしゃがんで地面に耳を近づけた。地中から何かを飲むような音と、土をかき分けるような音が混在して聞こえてくる。

地中に何かいるのか？

疑問に思ったアインが立ち上がると同時に、目の前の地面が大きく膨らんだ。

「お母様ッ！」

「ア、アインッ⁉」

ほぼ反射的にオリビアの身体《からだ》を抱きしめた。

そして、飛び跳ねるように穴の近くから離れたのだ。

「大丈夫でしたかッ⁉」

「私は大丈夫。アインが守ってくれましたから――――」

「なら良かったです。でも、急に何が」

事態の確認をしようと振り返る直前に、ディルの表情が見えた。彼の視線はアインじゃなくて、つい先ほどアインが植えたばかりの苗木に向けられている。

その表情は信じられないものを見たと言わんばかりに、開口して困惑していた。

そして、これはすぐ傍《そば》にいたマーサも同じだった。

「二人して何を驚いて…………あれ。苗木はどこに？」

振り返っても、さっき植えたはずの苗木がなかった。

代わりにどうしてか、通常のものよりも巨大なリプルの木が立っている。

青々しい葉の一枚一枚に、太く立派に育った幹。どこをどう見ても、普通じゃない巨大なリプルの木があったのだ。

「あの、アイン……そのリプルの木が、アインの植えた苗木ですよ」

近づいてきたオリビアが、心配そうにアインの服の袖《そで》を握る。

アインは思わずハッとした。

（もしかして、俺が大きくなれよって言ったから？）

ドライアドの魔王となった自分がそう言ったから、こんなことになったのかもしれない。

今はまだ結論を出すには早いが、この説が有力な気がしてならなかった。

「立派な果実まで実らせちゃってるし……」

「残念ですが、立派な果実がどうのと言ってる場合じゃありません」

ディルの指摘は尤《もつと》もだった。

あまりの現象に、さすがのアインも気が抜けていたのだ。

苦笑していたアインの耳に、やがて参加者たちの声が届きだす。何が起きたんだ、王太子殿下が何かしたのだろうか……など、多くの声が聞こえる。

怖がるような声は一切聞こえないが、強く困惑している声だ。

（どうしよう）

咄嗟《とつさ》のことで判断が付かなかったが、オリビアが「大丈夫ですよ」と小さく言う。

すると彼女は貴族たちの方を向いて声高らかに言葉を発する。

「これは王太子アインの力の象徴です。王太子は数少ないドライアドという存在の中でも、更に稀《け》有《う》な力に恵まれた存在。身体が大きく成長していたのは皆も周知の事実でしょう。彼が持つ特別な力が、こうしてリプルの大樹を生み出したのです」

貴族たちは沈黙して耳を傾けていた。

オリビアの隣にいたアインもまた、彼女の堂々とした姿に見入ってしまう。

「王太子は海龍討伐の英雄というだけでなく、初代陛下が統一なさったこのイシュタリカへと、豊かな自然の恵みをもたらすのです」

微笑《ほほえ》んだオリビアが語り終え、辺りは静寂に包まれた。

この沈黙を破ったのも、やはり貴族だ。

ある一人の貴族が拍手をしながら、アインを称《たた》える言葉を発した。

「我らが英雄は自然の恵みまでもたらすとは……ッ！　王太子殿下はまさに、初代陛下が生まれ変わったような方だッ！」

アインが元から好意的に思われていたからこそ、オリビアの演説が生きたのだ。

「まったく……オリビア様、今のようなことを言ってよろしいのですか？」

「あら、マーサは駄目だと思う？　今のは実際にアインがしたことなのに。……それにしても美味《おい》しそうなリプルね」

樹上になった果実は通常の二倍……四倍もありそうだ。

鮮やかな赤色で表面は艶《つや》があり、甘酸っぱい香りが下の方まで届いてきそう。

また、木の背丈も果実に負けていない。高さは十メートルを軽く超え、三十メートルもありそうな立派な大樹だ。

これは通常の木の七、八倍もあり、まさに別物と言える背丈だ。

「せっかくだから持って帰りましょうか」

「ですね。美味しそうですしいいと思います」

「じゃあ……どうやって採ればいいかしら」

「俺が登ってもいいんですけど……ディル、梯子《はしご》か何かを借りてきてもらっていい？」

「は――――はっ！」

「あとはせっかくですし、お爺《じい》様たちにお土産としてお送りしましょうか」

さっきまで慌てていたのにもうこんな話かと、頭を抱えたマーサは大きくため息を吐《つ》いた。

「美味しかったら城でも育てたいですね。マーサさんもそれがいいと思わない？」

「……はい。きっと、よろしいかと」

ただただ呑気《のんき》な会話を聞き、割とどうでもよくなってきた部分がある。

アインが原因ということも分かっているため、緊急事態でもないから尚更《なおさら》だ。

「ただいま戻りました。大きめの梯子を借りてきたので、きっと届くかと……あれ？　お母様、どうかしましたか？」

「……別に、何でもないわ」

戻ってきたディルは、疲れているマーサを見て不思議そうな顔を浮かべたのだった。

スパイ娘のおもてなし

記念植樹が想定外の騒動に見舞われていたのと同時刻に、エレナは宿の部屋にあるベッドルームで目を覚まそうとしていた。

カーテンの隙間《すきま》から差し込む朝日。

もう朝なのか？　エレナは少しずつ意識を覚醒《かくせい》させていく。

昨晩のことを思い返すと、自分はとても幸運だった。宿の部屋は想像していたよりも遥《はる》かに高水準で、ハイムのアウグスト邸にあるベッドよりも上質だ。

国の規模だけでなく、ベッドも負けているとなれば笑うことしか出来ない。

「…………」

まだ起きたくない。この微睡《まどろみ》の中から出たくない。そうした欲求に勝つことが出来ず、まだベッドから身体《からだ》を起こせていない。

だがベッドで横になっていると、近くから陶器のこすれ合う音が聞こえてくる。

同時に紅茶のいい香りが鼻孔をくすぐってきた。

「……お茶？」

むくっ、とベッドから身体を起こし、寝室からリビングに進む。

扉を開けたところで、会うはずのなかった人物と顔を合わせた。

「あ、おはよーございます！　よく寝られたようですねー！」

――――……は？

エレナは思わず扉を閉め直した。そのまま扉に背を預け、若干、冷静さを欠いた様子で呟く。

「え、え？　ちょっと待って、今のって……ッ！」

最近は見ない顔でも、忘れるはずがない。

今回の行程で顔を合わせる予定はなかったのだが、彼女は確かにリビングに居た。

自分は完ぺきといえるほどの変装をしていた。

だというのに、どうしてバレてしまったのか不思議でたまらない。今まで寝ていたが、それでもピアスは念のために付けていたというのに……。

「ちょっとー、エレナ様ー？　急に扉閉めるのってひどくないですかねー？　さすがのリリちゃんも悲しくなっちゃいますけどぉー？」

声もリリだ。

本物で間違いない。

「あ、そういえばこの服どうですか？　似合ってますよね？　自覚はあるんですけど、やっぱり似合ってるって言われると、喜んでしまう乙女心と言いますかー」

自分が迷ってるのが馬鹿らしくなるほどのしょうもない話だ。

それを聞いたエレナは面倒になって、扉越しにリリへ返事をする。

「なんでリリが居るの」

「はえ、だってここイシュタリカですし。居て当然ですよ」

「そうじゃなくて……言いたいことぐらい分かるでしょ。どうして私の変装が分かったのよ」

「逆にそんな安物の魔道具でバレないと思ってたんですか？　イシュタリカの魔道具の歴史は長いですし、それを見破る魔道具があって当然ですって――――ほら」

ほら、と言ってリリは自分の右目に指を伸ばした。

それと同時にエレナは鍵穴を覗《のぞ》いて、リリが何をしているのか視界に映す。ハイムにいた頃のように給仕服に身を包んだリリがそこにいるが、気になるのは彼女が何をしようとしているのかだ。

エレナは次にリリが瞳から何かを取り出したのを見て唖然《あぜん》とした。

「そんなのを目の中に入れていたのね」

「はい。これは眼鏡《めがね》のレンズを薄く加工して、魔道具職人が仕上げたものなんです。瞳に直接つける眼鏡型の魔道具ってとこですかねー……私と、私の部下は全員使ってますよ」

考えてみれば、そんな魔道具があっても不思議ではない。

けどエレナのピアスは信用できる冒険者に大枚をはたいて購入した魔道具だ。ハイムが特別に予算を組んだほどで、決してリリが言うような安物ではない。

根本的な技術力の差というべきか、その差は言葉にするよりも大きい。

「っていうか私が先に聞いたんですけど！　そろそろ似合ってるか言ってくださいよーもう」

「……はいはい。似合ってたわよ」

エレナは乱暴に言うと、ピアスをとって放り投げた。

瞳と髪の色があっという間に元通りだ。

「ふふふー。まぁ、自覚はあったんですけどね！」

力の抜けるやり取りの後で、エレナは諦《あきら》めて扉を開けた。

ここでエレナは、二度とハイムに帰れないかもしれないと覚悟をした。けど、リリは一向に捕縛する様子を見せることがなく、それどころか子猫がじゃれつくような気軽さがあった。

「ほらほらー、可愛《かわい》いでしょー！」

リリはくるりと一回転し、スカートをふわっと浮かせた。

していることは可愛らしいのだが、スカートの下にあるナイフは見せないでほしいというのが率直な感想だ。

「随分とたくさんの凶器を持ってるのね」

「なんなら一本いります？」

へらへらと笑いながらナイフを一本取り出されるも、当然だがいらない。

「いらないわよ」

「あー……エレナ様って、運動苦手ですもんね」

「ッ――――」

「まぁまぁ、怒らないで下さいよ。それとお茶冷めちゃいますけど、飲まないんですか？」

「飲むわよ！　もう！」

乱暴に応えたエレナはソファに腰を下ろし、紅茶の入ったカップを口元に運ぶ。

紅茶は熱いが火傷《やけど》するほどじゃない。飲みやすくて、味もいい。

ハイム城でともに仕事をしていた際には、いつもこの茶が用意されていたことを思い出す。今となっては騙《だま》されていたわけだし、苦い思い出だ。

「それで、どうしてリリがここにいるの。私を捕まえるため？」

「はえ？　捕まりたいんです？」

「逆に捕まえない馬鹿がどこにいるのよ」

「やだなーもー。その気があったら、もう王都の牢屋《ろうや》に閉じ込められてますって」

だとしても不思議な話に変わりはない。

「じゃあ、なんで来たのよ」

となるからだ。

すると、リリは更に度肝を抜くようなことを言ってくる。

「この町を案内しにきたんですよぉー」

「あ、案内？」

「ですです。イシュタリカのことを調べに来たんですよね？　なら案内があると楽ですよ。港に着いたとき、大きな船とか見ませんでした？」

「見たけど。それがどうしたのかしら」

「ではその船を見に行きましょうか」

数秒固まったエレナだったが、その真意をリリに尋ねる。

「……どうしてそんなことをするのよ」

敵に対して、わざわざそれを見せる理由が分からない。

それでもリリは、淡々と話をつづけた。

「あれ、興味ありませんか？」

「あるからって、敵に見せる必要はないわ」

「まぁ、そんな細かいことは気にしないで結構ですよ。閣下が許可したので、エレナ様は何も考えずに楽しんでくれればいいんですから」

「閣下……？」

「ですです。ウォーレン・ラークって言うお方なんですけど、知ってます？」

知ってるも何も、大国イシュタリカの文官の頂点、宰相である。

直接会ったことはないが、その剛腕っぷりは耳にしている。自分の国の王子が手の上で転がされた話だって忘れたことはないのだ。


「……でも、食いついてくれて良かったわ」


エレナは驚いてから、一転して安堵《あんど》のため息とともに呟《つぶや》いた。

「はえ？　何か言いました？」

「いいえ、こっちの話。最後に確認したいんだけど、敵国の要人である私は、今から首を切られるってわけじゃないのね？」

「うわぁ……発想が恐ろしすぎません？」

「当然の心配よ。それで、どうなのかしら？」

「妙に強気なのがエレナ様らしいですね――……。国賓としては扱えませんが、客人として案内しろって閣下が言ってましたよ」

「そ、じゃあお言葉に甘えるわ」

開き直った、という感じではない。

エレナの前に居たリリは、余裕の理由を心の内で探っていた。

顔見知り同士だから安心しているというわけでもなさそうで、王太子アインとクローネの関係もあるから、自分の命は安全だと考えているようにも見えない。

何か得体のしれない余裕が確かにあったのだ。

『会談の際に警戒すべきは、エレナ殿でしょう』

つい昨日《きのう》、リリがウォーレンと連絡を取った時に彼が言っていた言葉だ。

「ねぇねぇエレナ様、私に何か隠してたりしてます？」

「私が単身で何かをするつもりなら、もしかしたら隠してるかもしれないわよ？」

リリはエレナを過大評価も過小評価もしていない。

どう評価してもエレナは頭が切れるし、ハイムに面倒な存在がいるとしたら、その筆頭は間違いなくエレナである。

しかし、彼女が一人で何かできるかと思うと――――。

「協力者がいれば出来ますよね」

「何を考えようと勝手だけど、リリの考えで言うと、私はイシュタリカの民か冒険者を味方に付けてるってことよ？」

「あとはエウロってとこですかねー」

「馬鹿ね。そのどれだっていいけど、どうすれば私の味方にできるのかしら」

「そりゃー……エレナ様がすごいものを差し出すとか」

くすっとエレナが笑う。

「貴方たちと敵対してもいいほどの何かを、私が差し出すってこと？」

それこそ現実的ではないだろう、と。

リリは「むむっ」と大げさに眉《まゆ》をひそめて考え込む。

「だーからエレナ様は面倒なんですってば。口が回りますし！」

「ふふっ、お褒めに与《あずか》り光栄ね」

「褒めてませんーッ！　だからエレナ様のことを王都に連れてって、お城に住んでもらえばいいのにって閣下に言ったのに……」

「それで、何て言われたの？」

「エレナ殿が望むなら、って言われました！」

結局のところ、捕まえる気はないということだ。

とは言え解せない。リリの態度から察するに、ウォーレンは決して無警戒じゃない。でも捕まえる気がないのは、そうする方が利益があると判断されたからだ。

これればかりは、さすがのエレナも真意が分からなかった。

「ちなみにエレナ様には選択肢があります。このままイシュタリカで暮らすか、帰りはあの家畜船ではなく、我々の船で帰るか、っていう選択肢が」

「か、家畜船……」

「あんな船で海を渡るとか頭がどうかしてますって」

「そう言われると複雑だけど、帰りは優雅な船旅ができそうね」

「はぁ……ほんっと強情ですよね。黙ってここに住めばいいのに」

これまでと一転して、つまらなそうな顔を浮かべたリリが唇を尖《とが》らせた。

けどエレナは。

「悪いけど、アレでもハイムは祖国なの」

以前と変わらぬ返事をした。

◇◇◇

宿を出て、最寄りの駅に向かったリリとエレナ。

二人は何駅か進んだところで、造船所の最寄り駅で車両を降りた。

「リリ」

「はいはい？」

「お金はどのぐらい払えばいいのかしら」

「こんなの私がおごりますって」

すると、リリは今回使った切符を差し出した。

彼女の腕には、城勤めの証《あかし》である腕章が揺れている。

「２４０Ｇ……？」

「私も立派な給料取りですから。痛くもかゆくもありません！」

「……あんなに速い乗り物が、こんなに安価なの？」

「じゃないと平民が使えないじゃないですかぁー。前科持ちが使っても、どこかの色惚《ぼ》け王子が使ってもお値段は変わりませんよ」

ティグルのことをつついたようだが、エレナは当然、反応しない。


さて、ここまでくると、平民の数も少なくなる。

辺りにいるのは造船所で働く職人か、軍港に向かう騎士や文官の姿しかなかった。

するとエレナはここで、遠慮なしに周囲を見渡した。

「せっかくだから、本当に敵情視察でもさせてもらおうかしらね」

「どぞどぞ！　じっくりと堪能してくださいねー！」

リリと歩きながら、エレナはすべてを見逃すまいと目を凝らしていた。

まずは規模の大きさに驚かされる。

ここは一口に造船所と言っても港と隣接しているせいか、多くの加工所も併設されている。海結晶の加工所だったり、戦艦に積む兵器を集めた倉庫だってある。そのすべてがハイムを上回る技術の結晶だ。

一つ見るたびにエレナの常識が覆り、国力の高さをひしひしと感じる。

顔色は悪くないが、難しそうに目を細めていた。

「ご気分でも優れませんか？」

「リリはその理由が分からないのかしら」

「分かって聞いてるんですよ。ですから、ハイムのことは忘れた方がいいんじゃないですかね」

二人は歩きつづけた。

やがて足を踏み入れたのは造船所の一角で、ドックには進水前の戦艦が一隻あった。

既に軍港に停泊中の戦艦とは、若干形が違っていた。

戦艦を眺めていたエレナを傍目《はため》に、リリが作業員に話しかける。

「少しいいですか？」

「はい。どうなさいましたか？」

作業員はリリの腕章を見て、素直に返事を返した。

「この戦艦は敵対戦力に対してどれほどの影響を？」

「相手は魔物となりますか？　あるいは人間相手でしょうか？」

「そうですね……例えば、港町相手では？」

すると作業員は言葉の意味を理解した。

目の前にいるお役人さんは、ある特定の相手に対しての効果を聞きたいのだろうと。

「対象を港町ラウンドハートとした場合の想定がございまして――設計段階の想定ですと、二隻でこれぐらいです」

作業員はそう言って、指を二本立てる。

「ふむふむ」

隣に居たエレナは、制圧にかかる時間が二日だと思っていた。

しかし現実はそう甘くない。

「二隻で二十分なら十分ですね」

「……二十分ですって？　そんな馬鹿なことは――――」

「可能でございます。何せあの町は、海からの攻撃に対してひどく脆《もろ》いですから」

「無抵抗な町に兵器を打ち込むだけですし、そりゃそうですよね」

最後にリリが礼を言ったことで、作業員が仕事に戻る。

想像以上の戦力に対して呆然《ぼうぜん》としたエレナは、まだ身体《からだ》が動かなかった。

「ここにある戦艦は仮想敵国相手の戦力として、新たに造船されている戦艦なんです」

リリがエレナの方を見て、真剣な瞳《ひとみ》で告げる。

「海龍の際には多くの戦艦が失われました。当たり前ですが補充が必要となります。すると造られるのは新型で、旧型と比べれば性能が格段に違います」

「……ええ」

「だからエレナ様、もう詰んでるんですよ。私は数年間ハイムに住んでましたけど、ここにある一隻ですら、ハイム相手なら十分な戦力になります。すでに王都には何隻も停泊していますし――――」

「逆立ちしても私たちは勝てない、って言いたいの？」

「怒りますか？　それで、怒ってどうします？」

何時《いつ》になく挑発的な態度のリリは、エレナに諦《あきら》めてほしいと思っていた。

だからハイムを忘れ、このままイシュタリカで暮らしてほしいと、切に願っている。だがエレナも折れることのない信念があり、決してその願いに応《こた》えることはない。

「確かに私たちは劣っている部分があるわ」

「部分どころの話じゃありませんよ。逆にどこか勝ってますか？　面積？　人口？　あるいは文化？　それとも技術力ですか？」

「私たちにも長い歴史があるわ。それは大陸で覇を唱えるまでのものよ」

「でしたら我々は、大陸を統一してできた国家です」

両者一向に引かず睨《にら》み合う。

剣呑《けんのん》とした空気が漂いだすも、最初に諦めたのはリリだった。

「……エレナ様ー。昔から思ってましたけど、ほんっとーに強情すぎません？」

「分かってたなら諦めなさい。何年間、私の部下を務めたのよ」

「あのー今だから言いますけど、エレナ様って働きすぎですよね。いつもいつも、私の寝る時間まで奪ってましたし」

「お陰様で助かったわ。私もここだけの話だけど、新しい部下は、貴女《あなた》と比べれば見劣りするの」

だから戻ってきてくれないかしら？　とエレナが逆に勧誘したのだ。

まさかの言葉にリリは、キョトンした後に満面の笑みを浮かべる。再会してから一番の、こぼれんばかりの素敵な笑顔だった。

「私が居ないと寂しいですか⁉」

「仕事って意味ではね。昔の貴女は優秀だったもの、今は少し締まりがないのだけど」

と言ってから、エレナは物悲しげに呟く。

「同じ国で生まれていたなら、貴女とはいい関係でいられたと思うわ」

もし、自分がイシュタリカの生まれだったら。

もし、リリがハイムの生まれだったら。

こんなもしもを考えてしまうほど、共にいるのが好ましかった。

「そういえば、昨日《きのう》は大変だったのよ」

「はえ？　何がです？」

「人混みよ。この町っていつもあんな感じなの？」

「あー……実は第二王女殿下たちがいらしてるんで、そのせいですね」

正確には王太子も来ているのだが、わざと口にしなかった。

「オリビア様がこの町に？」

「当たり前ですが、お会いするのはできませんよ」

「分かってるわよ。ただ……昔のことを思い出しただけなの」

「……ま、そういうわけで人が多いんです。貴族も多いからてんてこ舞いですよ」

「ああ、だから昨日の人と出会えたのかしら？」

「昨日の人、です？」

思えばリリは隠密行動に長《た》けているのだから、何か聞けるかもしれない。

昨日、自分の宿を探してくれたローブを着た男のことを思い返し、エレナは彼について知らないかと尋ねる。

「恐らく貴族か富豪の方だと思うの。宿の人も驚いてたから、きっと有名な人だと思う」

「あ、はい……かもしれないですね」

「だからリリが知ってる相手ならお礼をしたいのだけど」

「あー……私は顔を見られなかったんで、探すのは大変だと思います」

こうした言い逃れをするしかない。

思わず顔をそらしたリリは、どうしようもない事実に頬を引きつらせていた。

「でも綺麗《きれい》な髪をしていたのよ。……そう、ちょうどオリビア様みたいに、澄んだ綺麗な色をしていたの」

「と、とりあえずエレナ様！　そろそろ昼食にしましょうか！」

「どうしたのよ急に……リリってそんなに食いしん坊だったかしら」

彼は娘さんの想《おも》い人ですよ、なんて言ったらまずい。

面倒な機密を抱えたような感覚だ。

何はともあれ、リリにもするべきことがある。彼女はエレナを案内しつづけ、驚く顔を見て何度も何度も笑い声をあげた。

◇◇◇

二人が共に過ごす日々はあっという間に過ぎ去っていった。

初日は造船所から軍港まで見て回った。

エレナが驚き、戦力の差をひしひしと感じたのはごく自然なことだった。

つづく二日目もリリが引きつづき案内をして、マグナにあるいくつかの施設を見て回る。日が暮れてから宿に戻ったエレナは、紙いっぱいに知りえた情報を記入した。

途中、クローネのことをリリに尋ねたこともある。

義父と共にどうしているのか情報を求めたが、聞けたことは幸せそうということだけだ。どういう生活を送ってるのか知れなかったのは残念でたまらない。


ふぅ……とため息を吐《つ》いたエレナは、穏やかに揺れる海を眺めた。

もうすぐ彼女は、ハイムへの帰路に就く。

と言っても、エウロ経由で帰国することになるため、来たときのようにロックダムや、それこそ港町ラウンドハートへ直接帰れるわけじゃない。

だが往路と違い船は上等だ。

「素敵な旅行になりそうね」

と、桟橋に泊まる船を見て口にした。

船は戦艦と比べると小さいが、それでもハイム人のエレナからすれば巨大だった。

「エレナ様ー！　準備はいいですかー？」

前を進み、船の様子を確認していたリリが呼ぶ。

「ええ、平気よ！」

返事を返して慌てて駆け寄ると、船から汽笛が鳴る。

船の大きさに負けじと盛大な音が辺りに響き渡り、出航が近いと合図を送っていた。

「これは豆知識なんですが、我々の船には二種類の汽笛があるんです。ちゃんと音が違うんですよ」

リリはエレナの耳元に顔を近づけて言う。

「一つは出航で――――」

「もう一つは？」

「――――戦場に向かう時の雄叫《おたけ》びです」

くすっと悪戯《いたずら》っ子のように言うも、エレナは動じず「後者じゃなくて何よりだわ」と仕方なさそうに言葉を返した。

「つまんないですね。あ、荷物はお部屋に積み込んでますから！」

「ありがとう。敵だってのに、何から何まで世話になったわね」

「できれば、敵じゃなくなってほしかったんですけどね」

「個人的には貴女と仲良しのつもりだけど」

「もうっ！　全体的に味方になってくれないと、意味がないじゃないですか！」

その願いにエレナは頷《うなず》いて返してあげられなかった。

「で！　エレナ様は知ったことを王子たちに伝えるんですか？」

「当たり前じゃない。逆に伝えなかったら私が罰せられるもの」

「……ま、そうなりますよね」

「何よ、不満そうじゃない」

目の前のリリの感情が読めない。

不満げにも悲しげにも見える、筆舌にしがたい表情を浮かべていたからだ。

「別に、予想通りになったことが個人的に残念なだけです」

――――予想通り？

普段なら聞き流さずに問いただす言葉を、エレナは聞かなかったふりをした。

「そろそろ出航みたいですね。忘れ物はありませんか？」

「貴女も確認してくれたでしょ、大丈夫よ」

「ふっふっふー。それは何よりです」

徐々に近づく別れが、二人の間に少しの沈黙を与える。

桟橋に打ち寄せる波の音。辺りを歩く人々の声がいつもより大きく聞こえた。

さて、名残惜しいが、ずっとこうしてはいられない。

じゃあ――――と、エレナが歩き出す。

「貴女と再会できてよかったわ。私も……また会えることを心より祈ってます」

そしてエレナはタラップに足を乗せた。

「エレナ様。その船に乗り、到着して下船した時から、貴女は明確な敵となるんです。もし命令があったら、私はその首を切らなければなりません」

当たり前のことだ。

それどころか、今も見逃してもらっているのだから文句も言えない。

「この船とタラップが国境線なのね？」

「そういうことですよ」

リリは今の言葉を聞いて、エレナが立ち止まってくれないかと期待していたが。

「でもね、そんなの今更だったのよ。ここまで見逃してくれてありがとう」

前にいるエレナはまた足を進めた。

「どこまでもどこまでも、貴女は強情なんですね」

リリの声色が硬くなった。

「この度はイシュタリカへのご訪問、お楽しみいただけたようで何よりでございます。代理ではありますが、宰相ウォーレンの名において、快適な旅をお約束いたします」

「……………ええ、ありがとう」

やがてタラップを進み終える。

すると間もなく、船は桟橋に括《くく》り付けていた縄を外した。


エレナの姿が見えなくなったところで、リリはつまらなそうに一人呟《つぶや》く。

「諦めてくれると期待してたんですけどね」

そしてリリが考えるのは、ウォーレンの思惑だ。先日、エレナを見つけたと報告した際の出来事を思い返す。

『連絡はありませんでしたが、もしかすると、エレナ殿はお客様かもしれません』

『は、はい？』

何を言うのかと思えば、またしても突拍子のない話だった。

『となれば歓待をするべきでしょう。機密になる部分はお見せできませんが、船やいくつかの施設ぐらいならお見せしてもいいでしょうね』

当時のウォーレンは最初から考えていたかのように、言いよどむことなく語っていた。

『本来ならば、敵国の重鎮として捕らえたい部分でもあります。ですがクローネ殿のお母様でもありますし、強引な手段は避けましょう』

『……という建前なんですね』

『さて、なんのことやら。ですが――――案内はリリにお任せします。目を離さぬように』

当たり前だが、ウォーレンにも思惑があったのだ。

やれやれ。

エレナは思い返すことをやめ、船を眺めながら言う。

「今回の旅でエレナ様が得た知識を報告しなければ、エレナ様は逆賊の烙印《らくいん》を押《お》されることでしょう。なので貴女は、確実に嘘《うそ》をつかずに報告をする」

それだけではない。

イシュタリカの戦力を知った彼女は、確実に穏便に済ませるように進言するはずだ。

「でもそれをしちゃうと、あの王子が怒ってエレナ様を冷遇しちゃうかも」

どう転んでも会談には連れてくるだろうが、ティグルの機嫌は損ねるはずだ。

ウォーレン曰《いわ》く、ハイムで面倒な相手はエレナぐらいなもの。

だから彼女が冷遇されればいい。

少しの油断もないウォーレンらしい動き方だった。

しかし、リリは一つだけ解せない。

「んー……でもエレナ様を警戒してるなら、捕まえた方が最善だった気がしますけど」

下手《へた》にハイムを刺激しない判断を選んだのかもしれない。

あるいは、別の考えがあっての行動だったのかもしれないが。

「閣下のお考えは分からないですねー……やれやれ」

謀《はかりごと》の中身は知らされていない。

しかし何か考えているのは確実であろう。

「エレナ様、貴女が目にしたのはイシュタリカのほんの一部分です。……次に会う時まで、その首が繋《つな》がってることをお祈りしてますね」

最後に一頻り呟くと、彼女は港町マグナの陰に消えてしまった。

◇　◇　◇

「────ってことを考えてる頃《ころ》かしらね」

客室に案内されたエレナは、つい先ほどのリリが考えていたこととほぼ同じことを予想し、遠く離れた王都に居るはずのウォーレンについて考えていた。

「舐《な》められたものね、私が手のひらで転がされてると……本気で思ってるのかしら」

すべて予想の範疇《はんちゅう》にすぎない。

彼女もまた、時間をかけて多くのことを考えていたのだから。

「戦力は比較にならない。それこそ、比較対象になる存在がって話になるけど……だからって、私が負けるとは決まってないのにね」

少しの怯《ひる》みもなく、そして強く言い切る。

「宰相ウォーレン殿――私は弱い女じゃないわよ」

彼女の家名

リプルの大樹の件から早数日が過ぎる。

この日、アインはディルと近衛《このえ》騎士を連れて、港にある施設に足を運んでいた。

「ここで作られる部品については、イストにある叡智《えいち》ノ塔へも搬入されるほどでありまして――――」

案内をする者から説明を受けながら、アインはその作業風景に目を凝らす。

目にルーペを付け、手作業で小さな部品を作る職人たち。

彼らは信じられないほどの手先の器用さで、目を細めてやっと見えるほどの小さな部品を作っていた。

「ディル、すごいね」

「まさに職人技ですね。鍛冶師のムートン殿とは別方面での技術力です」

隣を歩くディルに、職人を見た感想を伝えるアイン。

「こちらの区画ですが、先代陛下が多大な投資をしてくださったところなのです。お陰様で今でも職人が仕事をするに絶好の場所でありまして」

それはいいことだ。

先代が遺《のこ》した施策と聞いて、アインは自分も頑張ろうと意気込む。

「俺も見習わないとね。ところで、ここは商人も買い付けに来てるのかな」

「王太子殿下が仰《おつしや》った通りでして、大陸中の商人が買い付けに来ておりまして……いえ、それどころか、イストの研究者も足を運ぶことがありますな」

「へぇー……そりゃすごい。自分で見に来るなんて、すごい研究者みたいだ」

「その通りでございます。実は数日前からその団体が来てまして」

噂《うわさ》をすればと言ったところか。

案内人が近くに居た存在に気が付いて、手を向けてアインに伝える。

「今は研究者の間でも有名なお方がいらしておりますよ」

すると案内人が「あちらの方です」と言う。

どんな人だろう？

気になったアインが目を向けると。

「オ、オズ教授ッ!?」

そこに居たのは、何人かの研究員を連れて歩くオズだった。

真っ白な白衣に身を包んだ彼は、慎重に部品を品定めしている様子だ。

「おや、ご存じでしたか？」

「あ、ああ……前にあったことがあるから」

「左様でございましたか。確かあちらの方々は、本日の夜にはイストにお帰りになるとか」

ここで出会えたのも何かの縁だろう。

「挨拶《あいさつ》しに行こうか」

アインの提案に、ディルはすぐに頷《うなず》いた。

同意が得られたことで、アインはオズの前に足を進めたのだった。

◇◇◇

昼下がりになった頃、アインは港の一角に足を運んでいた。

ただ、一角と言っても粗末な場所ではない。そこは貴族も使うことのある、船を待つ者が使うサロンのような場所だ。

その中でも、高級宿に劣らぬ上質な部屋を借り切っていたのだ。

「オズ教授、どうぞ座ってください」

「これはこれは……恐れ入ります」

ソファに腰を下ろしたアインがオズを対面に案内した。

すると、ディルが給仕の代わりに二人分の茶を用意して、アインの後ろに控える。

「お久しぶりですね」

「はい。またお目通りできるとは思ってもみませんでした……そ、そうだ！　昨年のバルトの件は大変失礼を……折角のお誘いでしたのに、あのような不義理をお詫《わ》びいたします」

「と、とんでもありません！　手紙は本当にありがたかったですし……ッ！」

「そう言っていただければ気が楽になります。ところで噂には聞いておりましたが、殿下は本当にお身体《からだ》が大きくなられて……顔つきも、随分と凛々《りり》しくなられましたね」

研究者の彼から見ても、アインの身体は興味深いのだろう。オズも不躾《ぶしつけ》にならない程度にではあるが、アインの手足をまばたきを繰り返して観察していた。


さて、せっかくの時間だ。

アインは軽く咳払《せきばら》いをして居住まいを正す。

「オズ教授は部品の確認に来てたんですよね？」

「はい。実は研究に使う機材の部品はこの町の職人に依頼してまして、しばしば足を運んでおります」

「わざわざご自分の足で、ですか？」

「ははは……よく言われますが、これも一つの性分なのです。どうにも、自分の目で確認しないと安心できない性質《たち》でして」

そう口にするオズは、恥ずかしそうな表情を浮かべた。

「素晴らしいお考えだと思いますよ」

「ははっ。殿下と出会える偶然があるのなら、これも正解だったようで」

「でも、ずっと研究に没頭する生活なんですか？」

「言われてみるとそうですね。趣味と実益を兼ねてる、といったところでしょうか」

「なるほど……趣味ですか」

オズからは研究することが楽しくてたまらない、という雰囲気が漂っている。

これは前から感じていたことだが、オズにとっては、研究をしていることこそが、生きることの楽しみの一端であるからだろう。

「趣味と言えば、実は密《ひそ》かに嗜《たしな》んでいることがあるのです」

「密かに、と聞くと気になってしまいますね」

「大したものではありませんよ。ただ昔話を調べるのが好きというだけですから」

「へぇー……俺はあまり昔話を知らないので、少し興味がありますね」

「では折角ですので、一つお話ししても？」

時間に余裕はあるし、断る理由は一つもない。

そもそもアインが興味を抱いたと言ったのは社交辞令ではなくて、本心からの言葉だ。

彼は口角を上げて大きく頷くと、お願いしますとオズに言う。

「では……これは古い古いお話です」

こうして、オズによる昔話がはじまった。

◇◇◇

〝ある所に一つの民族がおり、族には長《おさ》と呼ばれる女性が居たそうです。

長には三人の優秀な部下が居りました。

一人は研究熱心な男で、もう一人は槍《やり》の名手であったとか。

そして最後に、とても頭の良い軍師のような男が居たのです。

研究熱心な男は父が大好きでした。

それはもう、母から奪いたくなるほど愛していたのです。

槍の名手は演技をするのが大好きでした。

物語に溶け込むように、登場人物になり切るのが好きだったんです。

最後の軍師のような男は本を読むのが大好きでした。

幼馴染《おさななじみ》の女性を連れて、よく本を読みふけっていたそうです。


長はこの頼もしい三人と共に世界を旅していたのです。

ですがしばらく経《た》って、近くに悪者たちの集まる国を見つけました。

すると長は勇敢にも悪者たちの国へと出向き、その悪者を倒すために奮闘します。

――そして長は成し遂げました。

多くの種族を仲間にして、悪者たちを全員やっつけてしまったのです。


ですが長は止まりません。

もしかすると、別の大陸にもこうした悪者が居るかもしれない。そう考えて、長は別の地を目指すことを決めました。

三人の部下も共に来ると長は考えていたのですが――そうはなりません。

さて、長と別れた二人は、研究熱心な男と軍師のような男でした。

彼らのうち二人は長の傍《そば》を離れ、その地に残ることを決めたのです。

研究熱心な男は、父が残ることから自分も残ることを決めました。

ですが軍師のような男は違います。

彼は恋をしてしまったのです。彼は戦いのときに協力した種族、その種族の王妃に恋をしてしまっていたのです。

当たり前ですが、その恋が成就することはありませんでした。

でも彼は、近くで王妃を見守ることに決めたのです。


ですが、悲恋はもう一人いました。それは、彼の幼馴染の女性です。

彼女は自分の恋も叶《かな》わないと知りながら、彼の下を離れなかったそうです。


それからというもの、長は海を渡り、研究熱心な男は研究をつづけました。

そして恋をしてしまった男は王妃を支えるため、その国に命を捧《ささ》げる覚悟をしたのです。

……最後は先に亡くなった彼女を看取《みと》り、涙します。

彼は今でもその国に残り、国の行く末を見守っているのです〟

◇　◇　◇

――――長くない話だったが、アインはなぜか心に強く押し寄せる感情を抱いた。

今の昔話は落ちも何もあったもんじゃない。

けどなぜか、強く心を揺さぶってきて、まばたきを忘れるほど聞き入っていた。

「ご清聴ありがとうございました」

「心に来るお話でした。よくある物語と違って落ちはなかったんですけど、それでも興味深い昔話でした」

「ははっ……こういう昔話もあるということです。――――おや？」

そう口にすると、オズは部屋に置かれた時計《とけい》に目を向けた。

「申し訳ありません。楽しい時間はあっという間のようで」

「もしかして」

「ええ、残念なことに宿に戻らなければなりません」

「そう……ですか」

アインは残念そうに目を伏せる。

するとすぐに立ち上がり、今日の出会いに喜びの言葉を添えた。

「今日は会えてよかったです。またお会いできる日を楽しみにしてますから」

「私もです。今日は本当にお会いできて光栄でした。またいずれ、殿下とお会いできる日のために研究に努めて参ります」

二人は言葉を交わしあうと、固い握手を交わした。

「外までお送りします」

「い、いえいえいえ！　殿下はそのようなことをしてはなりません！」

「ですが」

「そのお気持ちだけで私は幸せでございますから」

そう言うと、オズは少し急ぎ足で扉に向かった。

「では殿下。またお会いできる日に」

彼は最後に深々と頭を下げて、アインとディルの前を立ち去った。

部屋の中で見送ったアインはソファに座り直し、残っていた紅茶を口に運ぶ。

おもむろに目を閉じて、さっきの昔話を反芻《はんすう》していた。

（……どうしてだろう）

なぜ、こんなにも頭に焼きついて離れないのか。

アインは理由が分からず、紅茶を飲み干してからもしばらく黙りこくったままだった。

◇◇◇

この日の晩、アインは寝室で仕事を終えた。

ふと、確認しておかなければいけないことを思い出す。

「……あ、色々と忘れすぎてた」

思い出したのは偶然ではない。

今日、オズと出会ってバルトのことに触れたからだ。

アインは「さてと」と言って椅子を立つ。机を離れて寝室を抜け出した。

「これはアイン様。どうされましたか？」

声をかけてきたのはマーサだ。

彼女はオリビアの部屋を出てきたばかりのようで、空になった茶道具を持っている。オリビアはまだ起きているらしい。

「お母様に聞きたいことがあったんだけど、まだ起きてるかな？」

「ええ、まだお休みになっておりませんよ」

「ならよかったよ。じゃあ早速――」

「お待ちくださいませ、実はつい先ほど、王都より連絡が届きまして」

「……俺に？」

「はい。クローネ様とクリス様のお二人ですが、明後日《あさって》の朝には到着するそうです」

「身体《からだ》が良くなったってこと!?」

「そのようです。私も安心いたしました」

アインは笑みを浮かべ胸を撫《な》で下《お》ろす。

久しぶりに二人の顔が見られるし、声を聞くことだってできる。

二人が休んでから一か月も経っていないが、もう何年も会ってないような寂しさをアインは感じていた。

早く明後日にならないだろうか。期待に胸を躍らせてしまうのは無理もなかった。

「楽しみだね」

「ええ。ですが楽しみすぎて、アイン様が倒れないようお気を付けください」

笑って冗談を言ったマーサに大丈夫と答え、アインは彼女と別れた。

それからまた、オリビアの部屋へ足を進めた。

「お母様、まだ起きていますか？」

マーサは起きていると言っていたが、念のためにこう尋ねた。

するとすぐに中から返事が届く。

「起きてるから、中に入ってきてもいいですよ」

返事を聞いたアインは扉を開けた。

中に居たのは、いつもながら露出が多いネグリジェ姿のオリビアだ。なるべく、その姿を見ないように気を付けながら、彼女の傍に近寄っていく。

「どうしたのかしら。寝つけなくて一緒に寝てほしかったんですか？　それならいつでも来てくれていいんですよ？」

「……それはその時に前向きに考えますね。今日は聞きたいことがあって来たんです」

それは魔王城で見た墓石の件だ。

「クリスの家名って、古くからのものなんでしょうか？」

唐突にこんなことを聞かれても、困惑するのが普通だろう。

目の前のオリビアも予想通り、キョトンとした表情を浮かべている。

「立ってお話しするのも寂しいですから、こっちにいらっしゃい」

「あ、そうですね」

アインは誘われるままオリビアが座るソファに向かう。真向かいに座ろうとしたがそっちじゃないと言われてしまい、結局オリビアの隣に腰を下ろす。

「急なことで驚きましたよ」

「いえ……その、なんとなく気になっちゃって」

「いいんですよ。でも私が知ってることは少ないから……アインが欲しい答えがあるか分からないの」

「大丈夫です！　少しでも聞けたら助かるので！」

するとオリビアは口元に手を当てて考えだす。

服装も相まって脚を組み替える仕草が悩ましい。ただ考え事をしているだけなのに、どうしてこうも艶美な姿なのだろうか。

「エルフの貴族だってわけじゃないの。昔から使ってた家名だってクリスは言ってましたよ」

――――なるほど、昔からか。

それがどれほどの昔を指すのか気になって仕方ない。

「分かるのは昔からの名前ってことぐらいですか？」

「そうですね……。張本人のクリスですらそれしか知らないぐらいですから」

「分家があるとかも聞いたことはありませんか？」

「ごめんなさい、そういうのも聞いたことがないんです。――――あ、でもクリス本人に関してなら、恥ずかしい話から黒歴史までなんでも揃《そろ》えてますよ」

とても興味があります。

これがアインの本心だった。

クリスの黒歴史って一体なんだろうと気になってしょうがないが、断腸の思いで本心を抑えることに成功する。

「あと私が分かるのは、クリスがエルフ以外の血も引いてるってことぐらいです」

「――――え？」

「妖精族《ようせい》の中でもピクシーの血が混じってるって聞いてます。だからクリスの身体には、エルフとピクシーの血が流れてるってことになりますよ。あの子ったらそれが嬉《うれ》しいみたいで、前に楽しそうに教えてくれたの」

喜ぶ姿は大いに想像がつくが、今のアインはそれどころじゃない。

むしろ、色々と繋《つな》がりすぎてまずい展開な気がしてきた。

「へ、へぇー……。そんなことがあったんですね」

これ以上聞く勇気は持てなかった。

後のことは、明後日にでもクリス本人に聞くことにした。

彼女も多くは知らなそうだが、期待するとしよう。

「急にやって来てすみませんでした」

「いいえ、平気ですよ。さっきも言ったけど、アインならいつ来てもいいんですから」

有無を言わさず甘えたくなるオーラに、アインはたじろいでしまう。

「甘えると止まらなそうですから、我慢しておきますね」

「あら……そんなこと言われちゃうと、もっと押してほしいのかしら、って思っちゃいますよ？」

「そういう意味ではないですからね！」

押されたら割とすぐに負けてしまいそう。

それぐらい、オリビアという女性の包容力は凄《すさ》まじかった。

◇◇◇

マーサが言った通り、クローネとクリスの二人が二日後の朝にやって来た。

彼女たちはアインを見るや否や、開口一番に謝罪をした。

補佐官と護衛の自分たちが体調を崩すなんて、と深々と頭を下げたのだが、今回の件に関しては誰《だれ》が悪いということはない。

アインは「気にしないで、二人が元気になってよかった」と言葉を返した。

つづけて。

「ここで話すのもなんだし、中に入ろっか」

彼女たちを連れて別邸内の広間へ向かった。

三人はこれまでの時間を取り戻すように歓談を楽しむ。

近況を報告しあって、時間を忘れて笑いあった。

するとと不意にクローネが「あっ」と何かを思い出す。

「急にどうしたのさ」

「そういえば、私とクリスさんが食べた果実って――」

「ああ、大きなリプルのこと？」

「そうよ。あれのことはアインが木を大きくしたって……まったく意味の分からない情報しか聞いてないの。本当は何があったのかしら」

「それ以外の説明がないんだけど……ってか、二人も食べてくれたんだ」

「いただきましたよ！　すっごく美味《おい》しかったので、すぐに元気になっちゃいました」

ただ、本当にそれ以上の情報がないのだ。

しいて言うならアインが苗木に声をかけたぐらいで、特別なことはしていない。

魔王化も関係しているかもしれないが、それを伝えることは出来なかった。

「なんか声をかけたら大きくなったみたい」

「……………まぁ、アインだものね」

クローネは諦《あきら》め気味に言う。

「それで納得されるのはどうしたものか……」

「ふふっ、いいじゃない。ラルア様も美味しいって言って召し上がってたわよ」

ならいいか、アインが笑っていると広間の扉が開いた。

「お茶のお代わりをお持ちしました」

そう言ってマーサが足を運ぶ。

彼女はアインたちの傍にやってくると、慣れた手つきで茶を淹《い》れだした。

「マーサさん、王都でも色々あったみたい」

「そのようですね。私もカティマ様から聞いておりました」

「え、カティマさんから？」

すると、おもむろにクリスがそっぽを向いた。

よく見ると表情は凍り付いていて、まばたきを高速で繰り返している。

更に、音がしないへたくそな口笛を吹きだした。

「誰がやったとは言いませんが『もう大丈夫です！　だから今からマグナに向かいます……！』と言って、脱出を試みた騎士がいたとか」

不意にクリスの瞳《ひとみ》から光が消えた。

少しずつ頬が上気していくと、紅茶が入っていたカップを置いて、両手を頬に当てて顔を隠してしまう。ソファにころん、と横たわって顔を深く埋《うず》めた。

「それからどうなったの？」

「当然のように部屋に再収容されました。ですがまだ序の口です」

ばたばた！

クリスが何かに抵抗するように足を動かした。

「外の空気が吸いたいと言って窓を開けたと思いきや、窓の外に飛び出しそうになったり。ベッドの下に隠れて、見張りをやり過ごそうとしたとか。ちなみに、カティマ様の助言ですべて止められ

ております」

「ッ――――妙に感付かれるのが早いと思ったら、カティマ様が助言していたのですか⁉」

反応したら駄目だろう。

顔を上げたクリスは恥ずかしさで顔が真っ赤《まっか》だ。

「クリス、マーサさんは別にクリスのことって言ってないよ」

「……いいえ、私もその騒動は耳にしていましたので！」

「さて。段々と言い訳がなくなってきたクリ――――言い訳がなくなってきた脱走者は、最後にこう口にしたそうです」

何をどう頑張ったのか気になったアインだが、言い訳を聞いて呆気《あっけ》にとられる。

「なんでも『マグナに忘れ物をしました！　すぐに取ってくるのでご心配なく』……と」

広間が静寂に包みこまれる。

ポフッ……クリスがまたソファに倒れこんで顔を隠した。誰しも言葉を失い、クリス以外は目配せを交わしていた。どうやらクローネにとっても初耳だったようだ。さすがの彼女も何一つフォローできないようで、困った様子で苦笑して、言葉を選ぶのに苦労しているらしい。

立ち上がったアインはクリスの隣に座って、彼女の肩に手を置いた。

「俺は頑張りを評価したいから……その、ありがと」

「最後はカティマ様特製の痺《しび》れ薬を用いたそうです。人体に影響がないもので、味もしないので食事に混ぜて自由を奪ったとのことですよ」

「だ、だからあんなにも身体が重かったのですね⁉」

ついに脱走者が自白してしまった。

「むぅ……私の耐性がもう少し高ければ」

「カティマ様はワイバーンもイチコロだニャ！　と仰《おつしや》っていたのですが……」

「あ、私には薬が効きにくいんです。エルフって薬物への耐性が高い種族ですから」

ここでその単語が出たのは都合が良かった。

いい加減クリスを恥ずかしがらせても可哀《かわい》そうでもあったし、アインは先日の夜、オリビアと話したときのことを思い出す。

「急でなんだけど、クリスの家名のヴェルンシュタインって、昔からある家系なの？」

おかげで自然に尋ねることができた。

「む、むむ……私の家名についてですか？」

そんなの聞いてどうする。

クリスがそんな表情を浮かべるが、他でもないアインに問いかけられたのだ。クリスが答えないはずがない。

「私も詳しくは知らないんです。けど古い家なのは間違いないです。貴族ではありません、けど」

「けど？」

「ヴェルンシュタインという家名は元々、昔のピクシーが使っていた家名なんです」

「……ってことは頑張って探せば、同じ家名のピクシーが見つかるかも？」

「残念ですが、それは難しいと思います。聞いた話だと、ピクシーって本来、家名を持たない種族らしくて」

「へ、へぇー……」

つい、乾いた返事をしてしまった。

クリスの言葉に耳を傾けながら、意識は身体《からだ》の中に宿った魔石に向ける。この前、精神世界で会ったミスティとラムザのことを考え、何か答えてくれと願った。

一向に返事が返ってくる気配はなく、アインはどうしたものかと長考した。

◇　◇　◇

夜、雑務をしていたアインの下にクローネがやってくる。

何かと思っていたら、彼女はウォーレンが認《したた》めたという手紙を手にしていた。

「ウォーレンさんから？」

「ええ。少し長い内容だから、私が要約しましょうか？」

「あー……うん。クローネが確認済みなら、そうしてもらおうかな」

クローネはその言葉を聞いて居住まいを正す。

冷静にアインのことを見て、穏やかな口調で語りだす。

「正式にハイムとの会談が決まったわ」

「――――もう相手も合意したってこと？」

「ううん。あくまでもこちら側の指定日時が決まったところよ。でもハイムは早く早くって急《せ》かしてきてたから、断られることはないと思う」

「ってことは夏かな？」

「ええ、ハイムも頷《うなず》くと思う」

あの時の手紙から、ついにここまでたどり着いた。

ようやく、これまでの因縁を清算するための席を設けられるのだ。

無意識のうちにアインの口角が緩んでしまう。

「アインったら、楽しそうね」

「実はちょっとだけ」

顔を合わせて笑う二人は、元々はハイム王国の民だった。今ではその二人が、ハイムに対して牙《きば》を剥《む》こうとしている。それもただの一般国民としてではない。片や王太子で、片やその補佐官という立場でだ。

「でもクローネは大丈夫？　あの第三王子も来ると思うけど」

「そうね……一応、顔も思い出しておかないと」

随分と酷《ひど》い言い草だ。

「そ、そんな顔しなくてもいいじゃない！」

「ごめんって。でもお互いに成長してるし、顔なんて分からないか」

「……いいえ？　ハイムに居た時からあの人の顔は覚えてなかったわよ？　そもそもパーティで会う程度の人なんて、特徴ぐらいしか覚えていないわ。別に興味もなかったから――あっ、イシュタリカに来てからは大丈夫よ。仕事もあるし、いい人ばかりだから……！」

慌てた様子のクローネが可笑《おか》しくて、アインは笑みを浮かべる。

「分かってるってば。別に心配してないよ」

「そ、そう。……ならいいのだけど」

彼女は毛先を指で弄《いじ》って、慌てたことを隠そうとしていた。

心なしか、頬も若干上気している。

その彼女に助け船を出すわけではないが、アインは気になったことを一つ尋ねる。

「クローネのお母様も来ると思う。それでも平気？」

「大丈夫。私はエレナという女性のお腹《なか》から産まれたけど、今は味方じゃないわ。私の味方はイシュタリカで、私が従うのはアイン……貴方《あなた》だけなの」

強い瞳に熱を込めてアインを見つめるクローネ。

いつもながら凛《りん》とした強さを秘めた美しい瞳だ。

「でもね、お母様が相手をするのは私じゃないの」

「あ、そうか。言われてみるとイシュタリカの文官代表って――」

宰相ウォーレン――彼を差し置いて代表になれる文官はいない。

彼は好々爺《こうこうや》然と笑うときもあれば、刃《やいば》のように研ぎ澄まされた瞳をすることもある。そして時には全《すべ》てを見透かすように、会話の流れを完全に掌握する男だ。

「ウォーレンさんに任せとけば、全部大丈夫そうな気がする」

「ふふ……私もそう思うわ」

「とりあえず個人的には、ハイムが何を求めてくるか気になってるけどね」

元はと言えば、ハイムはクローネとグラーフの情報を求めていたのだが。

「だって会談の舞台にクローネが来たら、相手側の要求が叶《かな》ったも同然な気がする」

そのため、会談の意味が気になった。

「素直にその結論にはならないと思うわ。ハイムは私がイシュタリカに拉致《らち》でもされたと思ってるんだもの」

「けど、そんなのはウォーレンさんに一蹴《いっしゅう》されるはず」

「当然ね」

当たり前のように語るが、アインの疑問は解消されていない。

「色々な思惑が重なりあってるせいか、ちょっと分かりづらい気がしてるんだ。イシュタリカ、ハイム、そして俺やお爺《じい》様にウォーレンさん……皆にとって、何を勝利とするか少し違ってる気がするし」

ここまで言うと、クローネは手近な紙にペンを滑らせる。

「イシュタリカが求めてるのは明確な謝罪と公式な国交断絶ね。つけ加えるなら、エウロとの件にも口を出すなって伝えるはずよ」

これにはティグルがしたこととの件も含まれていると。

「ハイムは恐らく、私とお爺様を返すことを求めるはず。でもそれに応じてしまうと、イシュタリカが拉致をしたって認めちゃうから……」

「ああ、お金とかを含めて、賠償うんぬんって言われるのか」

「だから認められないし、そもそも拉致はしてないもの」

あちらが密約を破った側なのに偉そうに、と思わないこともない。

しかし言ったところで開き直るのは目に見えているし、無意味なことは誰《だれ》も言う気はない。

「アインはどう？　ハイムに求めたいことはある？」

「……いや、縁が切れるなら別にいいかな」

それとクローネに手を出すな、といったところだ。

「なら次ね。ウォーレン様はイシュタリカとしての目的以上に、ご自身でもお考えになってることがあると思うわ。何か厳しいことを要求するとか、あるいは……有事の際に、イシュタリカが初代陛下の言葉があっても動きやすくなるように、何か口実を得ようとしてるかも」

「ありそうだね」

「それとあっちの第三王子だけど……私がほしいだけだと思う」

「クローネが戻ってくるなら、あとのことはどうでもいいってこと？」

「ええ……自分のことながら、そうだと思う」

違うと言い切れないところが例の王子らしい。

どうあってもクローネは戻る気がないし、アインにも離す気持ちはない。第三王子ティグルの想《おも》いが叶うことはないのだ。

「あとはお母様かしら」

「————エレナさんか」

「そうよ。そのお母様も何か目的があると思う。正直に言うと、今のハイムが求めてることは何一つ叶わないことを理解してるはずなの。ならお母様には別の目的があって、王子たちが求めてることとは違う考えがあるはず」

「……俺はよく知らないんだけど、エレナさんってどういう方なの？」

「とても頭のいい方よ。少なくともハイムでお母様に勝る人は居なかったし、ほかの国にだって居ないと思う」

大将軍ローガスとエレナの二人は、あの国自慢の戦力なのだ。

武に関してはどう転ぼうとこちらが圧倒的有利だが、こと舌戦となれば、エレナ個人の力で戦える場面もあるだろうから、ウォーレンも油断していなかったのだ。

（さて――――）

どんな会談になるのだろう。

楽しみだという感情と共に、幾分かの緊張感が二人の胸に宿りだした。

用意された舞台にて

春を過ぎて、初夏に差しかかったハイム。

ある日の夜のことだ。

ハイム王都にあるラウンドハート邸に、グリントの許婚《いいなずけ》であるシャノンが足を運んでいた。

「お忙しいというのに、本日はありがとうございました」

と言って、彼女はグリントへ頭を下げる。

自慢の赤毛がふわっと広がり、グリントの視線を一身に集めた。

「俺がシャノンと居たかったのだ！　別に気にしないでいい！」

「ふふ、私は幸せ者ですね」

屋敷を出て、外で待っていた馬車に乗り込む直前、不意に立ち止まったシャノンはグリントの方を向いた。グリントがどうしたのかと思っていると、彼女は距離を詰めて、思い出したような口ぶりで尋ねてくる。

「明日の朝はお早い出発と聞きました」

「ああ。面倒だがエウロまで行かねばならないからな。イシュタリカとの会談前、最後のやり取りになるはずだが――――そうだ、何か土産《みやげ》でも買ってこよう。何がいい？」

「お土産……ですか？」

「ああ、なんでもいいぞ」

「でしたら、一つ伝言を頼んでもよろしいでしょうか？　エウロには昔からの知り合いがいるんです。我が家で何度か仕事を頼んだことがありまして、また仕事を頼む予定がありまして」

「なんだ、そういうことか。それなら任せておけ」

「まぁ、ありがとうございます」

「それで。なんという者に伝言をしてくればいいのだ？」

「……それはですね、グリント様もよく知っている方ですよ」

「俺も知ってる人……？」

額に手を当てて考えるグリントを見て、シャノンは小さく微笑《ほほえ》んだ。

「彼に新しい舞台の支度をしましょう、って伝えてほしいのです」

彼女はそう言って、グリントの耳元に顔を近づけた。

――――翌朝。

グリントがエウロに出発して間もない頃《ころ》、港町ラウンドハートはいつも以上に賑《にぎ》わっていた。

そこに、多くの騎士を連れてやってきた王族が居た。彼は近くに迫った出航を前に、自らの目で準備状況を確認しに来ていたのだ。

「殿下、状況は如何《いかが》ですかな？」

「……おお！　ローガスではないか！」

「海鳥の鳴き声が心地《ここち》いいですな。我らの行く末を祝っているようです」

「ああ、今はこの声に癒《いや》されておくとしようじゃないか」

この港からは見えないが、水平線の彼方《かなた》には会談に使われる島がある。

二人は肩を並べ、その方角を眺めた。

感無量。そう言わんばかりの、歓喜に震えた声をティグルが漏らす。

「ここまで本当に長い道のりだったな――――さて、グリントが戻り次第、すぐに出発の支度に入るぞ」

言い切ったところで彼は不意に気になった。

「しかしときにローガス。聞くところによると、お前の息子と妻も来るようだが」

「殿下。元、をつけ忘れておりますな」

「そうであったな。で、気にならぬのか？」

「全くといっては嘘《うそ》になりましょう。ですが私は栄光あるハイム王国が大将軍。いついかなる時であろうと、全身を流れる熱き血と誇りは忘れておりません」

「頼もしい限りだな」

今日のティグルはいつも以上に上機嫌のようだ。

こうしている内にも、船の数は徐々に増えてくる。

「随分と大所帯となりそうで」

「ああ、冒険者も多く雇ったからな。これだから、海路は金がかさんで困る」

「騎士も多く向かいますからな。……王族からは陛下にティグル殿下。それに、第一王子殿下でしたか？」

「そうだ。あとはエレナをはじめとした者たちだな」

「我らの主力が勢ぞろいですな」

「だろう？　さすがのイシュタリカ相手といえども、引けを取ることはないさ」

ローガスも頷《うなず》いた。

これほどまでの人材を揃《そろ》えたのだから、イシュタリカにも対抗できる。それどころか、会談を有利に進められるはずと考えて。

◇◇◇

ローガスが見る水平線の彼方には、イシュタリカ自慢の艦隊が並んでいた。以前、シルヴァードが口にしていた無人島にだ。そこはすでに無人島だったころの影はなく、島の中央に向かう道も整備されている。島の西側と東側には簡素ながら港も設けてある。これは互いの国の近いところに調整して作られたものだ。

島の西側にある艦隊の中。

中央に停泊していたホワイトキング。そして右にプリンセス・カティマが停泊し、左にはプリンセス・オリビアがあった。その周囲は最新鋭の戦艦で囲まれて、普段は見られない壮観な光景を作り上げてた。

ところでアインはこの島まで、プリンセス・オリビアに乗ってやって来た。

今まさに下船したところで、港に近寄ってきた海龍の双子の様子を見ている最中だ。

「……お前たち、本当に大きくなったな」

「キュルルァ！」

「ギャウッ！　ギャウ！」

以前に比べ遥《はる》かに巨大に成長した体躯《たいく》を双子は晒《さら》していた。

全長はすでに三十メートルを超しているだろうか。今でもカティマによる魔石の食育はつづいているようで、日々、身体《からだ》は成長することを忘れていない。最近は弟のエルが声変わりの最中で、アインが戦った海龍の大きさになる日も、そう遠くないのかもしれない。

「頼もしい子たちよね」

と、隣にやって来たクローネが言う。

「だね。お爺様の提案も悪くなかった気がするよ」

双子がここにいる理由は、土壇場でのシルヴァードによる提案だった。

王都を発《た》つとき、双子がアインが乗ったプリンセス・オリビアから離れなかったのだ。仕方なく出航するも状況は変わらず、艦隊は一度海上で停泊した。

するとシルヴァードが「もう連れて行けばよい」と言い、護衛として連れてきたのである。

現状の戦力に護衛が必要だろうかという疑問はある。

だがしかし、戦力が多いに越したことはないのだ。

「あ、アイン様！　ここにいたんですね！」

「あれ、クリス」

「急にすみません。陛下が少し話がしたいと仰《おっしゃ》っておりました。島の中央に造られた建物で待っているとのことです！」

「分かった。じゃあえっと――――」

「私のことは気にしないで。オリビア様のところで待ってるから」

クローネが船内に戻っていくの見届けてから、アインはクリスを連れて歩き出す。向かう先は島の中央で、鬱蒼《うっそう》とした森がジャングルのように広がっている。今は道が整備されているから、歩くのが面倒だったりはしない。

ジャングルの中を優雅に散歩しているようで楽しいぐらいだ。

「双子も居たおかげが、小さな魔物ともすれ違わなかったそうですよ」

「どうやら近海の主みたいだしね」

「ふふっ、そのようです。あ、何かあったら言ってくださいね。戦艦はたくさんありますし、ご命令があればどんな港町でも殲滅《せんめつ》してみせますから」

「……命令しないからね？」

港町と限定しているのが分かりやすい。

クリスが人一倍ハイムのことを憎んでいるからこその言葉だ。

「そんなことをして面倒な因縁を増やすより、この島でぎゃふんと言わせた方がいいよ」

「あはは……もう、可愛《かわい》い言葉で倒しちゃうんですね」

「言葉は優しく、けど中身は厳しくって感じかな」

それにしてもこの島は過ごしやすい。気候は夏の今でも暑すぎず、波も穏やかで静かな島だ。起伏に富んだ地形でもないから、リゾート地のような使い方にもってこいだった。

「色々と落ち着いたら、今度は皆で遊びに来よっか」

アインの提案に、クリスは嬉《うれ》しそうに笑って頷いた。

「――――あれかな」

石畳が敷き詰められた広場が見えてきた。

奥にはこれまた石造りの建物が一つ。外観は神殿を思わせる三角の屋根と、何本も並ぶ太い柱が特徴的だ。扉はなくて、中にある巨大な部屋が見える。

「じゃあ行ってくるよ」

「行ってらっしゃいませ。私は広場でお待ちしてますね」

アインはここでクリスと別れ、建物内に足を踏み入れた。


中は左右に席が設置されていた。

東西に設けられた港と同じように、両国の関係を表しているのが分かる。

よく見ると、左右の席の奥にも部屋があるようだ。きっと控室か、休憩室として造られた部屋だろう。

ちなみにシルヴァードは、西側の席の中央に座っていた。

「お待たせいたしました」

「うむ。まぁ立ち話もなんだ。隣に座るがよい」

「では失礼して。……ところで、随分と立派な建物になったんですね」

「何処《どこ》であっても、我々はイシュタリカとして振舞わねばならん。自ら品格を落とすような真似《まね》はできぬのでな」

よく言えば誇り。悪く言えば見栄だろうか。

考え方によって捉《とら》え方は違ってくるが、アインはその意見に異論がなかった。

「だが感慨深いな。ついに奴《やっ》らとの会談だ」

「……ですね」

確実に来るローガスのことが脳裏をかすめた。

顔を見たとき、自分はどんな感情を抱くのだろう。心の中では吹っ切れたつもりだが、もしかしたら胸が不快に鼓動するかもしれない——と考えてみたが。

(全然不安にならないな)

成長したからか、怖気《おぞけ》に近い感情が微塵《みじん》もなかったのだ。

「ほう、まるでウォーレンのように落ち着いておるな」

「うーん、どうなんでしょう。落ち着いてるように見えますか?」

「巨大な岩石のように、揺るがず強固な姿に見えておるぞ」

シルヴァードはそう口にすると、アインの頭を優しく撫《な》でた。

アインも身体が大きく成長したとはいえ、それでもシルヴァードの方がまだ大きい。

「お、お爺《じい》様!」

「照れるでない。身体が大きくなろうが余の孫なのだから」

「……さすがに五十歳とかになってからは勘弁してくださいね」

「残念だが余が生きている限り、我慢する気は欠片《かけら》もないのだ」

穏やかな時間を楽しむ二人の耳に、ガチャ――――と扉が開く音が聞こえた。

「はぁ……どうして私まで来なきゃならないのニャ」

後ろの部屋から現れたのはカティマだ。

彼女は心なしかいつもより尻尾《しっぽ》の角度にも元気がなくて、足取りも重い。

「お父様、今からでも遅くないのニャ。……私は帰ってもいいかニャ？」

希望を抱いた瞳《ひとみ》をシルヴァードに向けて言うが。

「何度も申したであろう。許可できぬ」

「な、なんでだニャ⁉　私がここに居ても、意味ないと思うのニャ！」

確かにほとんど意味がない。

会談はウォーレンたちが取り仕切るため、カティマにはするべき仕事はないのだ。妹のオリビアは密談に関係している張本人だから分かるが、自分がいる必要はないと確信があった。

しかしそれでも、カティマが連れてこられたのには意味がある。

「どうして私まで連れてこられたのニャ！」

だが、もしかして……とハッとした。

「も、もしかして！　私の天才的な頭脳が必要だったのかニャ……⁉」

それなら仕方ないと頬が緩みそうになったが、実際は違う。

アインはカティマを連れてきた理由を知っている。シルヴァードが口にしづらそうだったため、シルヴァードと目線を交わし、自分が話すと意思表示をした。

「あのさ、カティマさん」

「皆まで言わなくていいニャ。まったく、私が居ないと何も――」

「カティマさんの知恵に助けられたことはあるけど、今日は違うんだ。……だってほら、カティマさんを止める人が居なかったら、なんか危ないじゃん」

「ニャ……ニャァア……？」

「野放しにしすぎると危なそうだし……」

現在の王都には、彼女を止められる人材がいない。

だから連れてきたのだと、アインはそう言ったのだ。

「そ、そんな理由で連れてこられたのニャ……？　ペットが粗相をするのが心配だからって、鎖に繋《つな》ぐみたいにかニャ……？」

「そのたとえはどうかと思うけど……」

すると少しして、カティマは溶けるように床に倒れてしまう。

「力が抜けちゃったのニャ……。お願いだから、船に連れて行ってほしいのニャ……」

王女らしさが微塵も感じられない姿に、シルヴァードは頭を抱えてしまう。

あとで連れて行ってもいいのだが、ここでそのまま寝かせておくのは忍びない。どうしたものかと辺りを見渡していると、奥の部屋からこちらを覗《のぞ》くディルの姿に気が付いた。

「ごめん、こっち来てくれる？」

声を聞いて、ディルがすぐに駆けよってくる。

「申し訳ありません。覗き見をするようでしたが、何かあったのかと思いまして」

「ディルよ……恥を忍んで頼みたい。すまんが我が娘を、自分の船まで連れて行ってくれぬか」

「ニャァアア……頼むのニャァァ……」

「ど、どのようにしてお連れすればよろしいでしょうか」

「縛ってでも、引きずってでも――と言うのは冗談だが、背負ってくれると助かる」

嫁入り前の姫を男が背負うなんて論外だ。

しかし、この場にいる誰《だれ》もその提案に反論しない。それどころか、いい案じゃないかとカティマは手を挙げて応じているほどだ。

恥ずかしそうに顔を赤らめて、ディルに声をかけたカティマ。

「……むしろ、普段からおんぶしてほしいニャ」

――何を言ってるんだコイツは。

ついにアインまで頭を抱えてしまった。

「で、では失礼します」

「あー……丁度いいのニャ。それじゃ、頼むニャー」

「畏《かしこ》まりました……。ではお連れして参ります」

そしてディルは、カティマを背負ってこの場を後にした。

ディルのような美男子は何をしても絵になるのだが、残念なことに、駄猫を背負うと絵にならないことが判明した瞬間だ。

「有事の際にはカティマをディルに託すことにしよう」

名案のように語るが、アインの返事は決まってる。

「押し付けることを託すとは言わない方がいいと思います」

「……そうであったな」

力なく呟《つぶや》いたシルヴァードの視線の先を、ディルがゆっくりと歩いていく。彼に背負われて上機嫌に尻尾を揺らす娘を見て、何とも言えない感情に苛《さいな》まれたのだった。

◇◇◇

事前の連絡によると、そろそろハイムの一行が到着するようだ。

その報告通り、数日前に着いていたアインが「あっ……」と、近づいてくる船団の姿に気が付いた。

プリンセス・オリビアの船首付近で海風を浴びながら、その様子を眺めていた。

当然だが、わざわざハイム一行の前に行くつもりはない。会談当日まで話がしたいわけでも顔を見に行きたいわけでもなかったため、ただじっと眺めているだけだ。


十数分も経《た》っただろうか。

ハイムの船団がついに停泊して、徐々に人が降りてくる。

「————居た」

遠目ではあるがすぐに分かる。

以前と変わらぬ出《い》で立ちで現れたローガスと、エウロで再会したときに比べ、また一段と大人になったグリントの姿に気が付いた。

船を降りた二人の下に、すぐに豪奢《ごうしゃ》な服に身を包んだ青年が現れる。

金髪で整った顔つきをしている青年は、アインも目にしたことのある男だ。

「第三王子……ティグル」

彼はローガスとグリントを従えて歩き出した。

港の様子を確認してから、真向かいに並ぶイシュタリカの戦艦を眺めだす。何か話しているようだが、さすがにこの距離では聞き取れない——ということはない。アインが耳を澄ますと、彼らの会話が隣にいるように聞こえてきた。

以前のアインにはこんなことは出来なかった。

恐らく、これも魔王化による成長と関係してるのだろう。

「ふん……！　大きいだけであろう、大した脅威ではない！」

「仰《おっしゃ》る通りです！　我らハイムの勇気があれば、あんなもの障害にすらなりません！」

ティグルにつづいて強がったのがグリントだ。

視線と足取りがおぼつかないが、口調だけは強気のようだ。

見慣れない船が来たからか、海龍の双子が興味を抱いた様子で近づいていく。

「キュル……？」

「ギャァウ……？」

「お、おい！　なんだこいつらは……ッ!?」

「キュ？」

「ギャウ、ギャウ……」

双子は水面に顔を出して、なにやら相談するように声を上げる。ティグルの不安を全く意に介することなく、あくまでもマイペースに互いを見ていた。

すると、ハイムの騎士は恐れを抱きながらも、ティグルを守るように前に立つ。

ローガスは一番前に立つと、剣を抜いて構えた。

「殿下、お下がりください」

「う、うむ！　頼むぞ！」

——しかし、なんと大きな魔物だ。

ローガスは二頭のことを眺めながら、どれほど強いのか目を凝らした。

ただ、双子は一向に何かをする様子がない。両者膠着状態《こうちゃくじょうたい》のところへと、イシュタリカの者が足を運んだ。

「エル、アル！　殿下がお呼びだぞ！」

その声の主は、アインの専属護衛を務めるディルだ。

「キュアッ⁉」

「ギャウッ！」

その声を聞いて、双子は勢いよく海中に潜っていった。

しかしエルはもう一度浮上すると。

「……ペッ！」

去り際にハイムの船へ水を吐きかけていく。

ハイムの者たちからすれば、ただ水を掛けたようにしか見えなかっただろう。

けどディルからは違って見えた。

明らかに唾《つば》を吐きかけていったな……と。

「お騒がせいたしました。先程の二頭は王太子殿下が飼う魔物で、人に害を与えることはありませんので」

この際、エルの所業については見なかったことにしたのだ。

説明を聞いて安堵《あんど》したところで、グリントが憎しみを込めてディルを睨《にら》み付ける。

「っ……父上、あの男がエウロで私と戦った男です」

「ほう、あれが、ディルという男か」

ローガスは口元に手を当て、ディルの立ち姿を観察しだす。

敵なしだった息子が完膚なきまでに負けてきた相手には、前々から興味があった。今その姿を見たことで、確かな強者《つわもの》であるとローガスは納得した。

「島内の施設を案内いたします。どうぞこちらへ」

ハイム一行の動揺を気にせずにディルは足を進める。

だがティグルは、先ほどの双子の件でディルが謝罪をしなかったことに気分を悪くしていた。

「待て。父上と兄上が、まだ降りてきていない」

ハイム王と第一王子のレイフォンがまだ船の中に居るのだろうか。

「船に居る二人にも案内をだな」

「でしたら私が案内を終えた後、ハイムの方が案内をしていただければと」

取り付く島もないとはこのことか。

ディルは何一つ慮《おもんぱか》る様子を見せようとしない。

「く……ッ！　まぁいい！　それで、あの無礼な王太子は来ているのか？」

「分かりかねます。我らイシュタリカには無礼な王太子などおりませんので」

無礼な、と付いていなければ満足のいく答えが返ってきたはずだ。

どうやらローガスは明確な答えが欲しかったようで、小さくため息を吐《つ》く。それからティグルに代わってディルに語り掛ける。

「ディル殿といったか、一つ尋ねたい」

するとディルはティグルへの返事と違い、足を止めて振り返った。

周囲の者からすれば、今のディルは冷静に構えているように見える立ち姿だが、内心ではローガスを前にして、口汚く罵《ののし》ってやりたい感情と板挟みになっている。

「どうなさいましたか？」

「……いいだろうか？」

「どうぞ。ご遠慮なさらずに」

「――――オリビアも来ているのは本当なのか？」

「呼び捨てにするのは不敬に当たります。我が国の第二王女殿下のことを、一介の貴族が呼び捨てにすることは余計な騒ぎを招くかと」

毅然《きぜん》とした態度で応《こた》えると。

「ああ、そうだったな。非礼を詫《わ》びよう」

ローガスは素直に謝罪した。

本来ならば、その一言の謝罪では帳消しになんて出来やしない。だが現状を考えれば、ディルもまた我慢するのが最善だと判断したのだ。

しかし、拍子抜けだ。

まさか素直に謝罪されるとは思わず、ディルは内心で驚いている。

同時にこの場に、クリスが居なかったことに安堵していた。彼女ならローガスがオリビアを呼び捨てにした刹那《せつな》、目にもとまらぬ神速でレイピアを突き立てていただろうから。

「質問にお答えしますが、第二王女殿下もいらしております」

「そうか……お会いすることは」

「当たり前ですが叶《かな》いません。どうかご理解を」

「……一言でもなんとかならないだろうか」

今更何を伝えるのだろうか。

食い下がるローガスを見てディルが考える。

「少なくとも、私に判断できることではございません」

ひとまず明言を避けて落ち着こうとしたときのことだ。

「では、アインなら――――」

その時、ディルの手が剣に伸びかけた。

「ッ――――む!?」

ローガスもその動作を見て、咄嗟《とっさ》に剣に手を伸ばす。

無意識ながら、ディルは剣を掴《つか》みかけたことを後悔して顔を伏せた。胸に手を当て、思いのほか大きな鼓動を繰り返していることに自嘲《じちょう》し、何度か深呼吸をして気分を落ち着かせる。

「ローガス殿、アイン様は我らが王太子です。アイン様に関しても、貴方《あなた》が呼び捨てにしてよい相手ではございません。恐れ入りますが以降、ローガス殿の質問に答えるのは差し控えさせていただきます」

これはディルの自衛のためだ。

もうこれ以上の不敬を前にすると、剣を掴もうとする手を止められない。

「……案内をつづけます。どうぞこちらへ」

最後には何とか落ち着きを取り戻したディルが、一行を連れて島の中心に向かって行く。


——さて、ここまでの様子を眺めていたアインだが。

「やっぱりか」

予想していた展開に頬を歪《ゆが》め、手すりに頬杖《ほおづえ》をついて海面を見下ろした。

ついさっきやってきた双子の顔を見ると、エルの振る舞いを叱責しようと思う気持ちと、よくやった！　と褒めたい気持ちの整理に迷ってしまう。

何はともあれ、だ。

「剣呑《けんのん》な会談になりそう」

と、今後の展開を思い空を見上げた。

◇　◇　◇

夕刻、港を離れたところをアインとクローネが歩いていた。

「ふふっ……風が気持ちいいわね」

クローネが海風に髪を揺らした。今の彼女は海に反射した茜色《あかねいろ》の光に照らされていて、名画に描かれた一場面のように美しい。

「それにしても……急に外を歩こうなんて、どうしたの？」

「さぁ、なんでだろう」

あまり意味はないのだが、アインは軽く惚《とぼ》けてみせた。

「私もお母様と相対することになるんだものね。アインは心配してくれてたんでしょ？」

「わ、分かってたなら聞かなくていいじゃん！」

「ふふっ、ごめんなさい。嬉《うれ》しくってつい」

すると彼女は背中で腕を組んで歩き、茜色の空を見上げた。

「家族だから忌避感は出ると思ってたわ。でも、違ってた」

「…………」

「私はもう、自分で思ってる以上にイシュタリカの人間だったみたい。もしかしたら非情なのかもしれない。だけど今の私が一番に考えているのは、イシュタリカのことよ」

「ああ、俺もだよ」

「アインもそう言ってくれると思った」

今となっては無関心に近かった。

だが常にそうしていられないのは面倒な因縁のせいと、クローネを欲して止《や》まないティグルによるものだ。

だからこそ、クローネも辟易《へきえき》とした様子で言う。

「一番面倒なのは、あの王子がいることよ」

「なんか言ってくるかな？」

「そうに決まってるわ。連れて帰るー、って言いだすと思うの。このことはウォーレン様も心配してくださっていて『誘拐やそれに準ずる行為があったら、帰る前にハイムを堕《お》として参ります』って仰《おっしゃ》ってたわ」

そんな行き掛けの駄賃みたいに、と思わないこともない。

だがこの場に揃《そろ》った海上戦力なら、それができてもおかしくない。港町ラウンドハートに向かう最中に本国へ連絡して、陸戦力も呼び寄せてしまえばいい。

そもそも今の戦力差の中で、クローネを誘拐して祖国まで帰れるはずもないのだが。

「ねぇねぇ」

ふと、クローネがじゃれつくようにアインに近寄る。

身体《からだ》をくの字に曲げて、楽しそうに歩き出す。

「会談の際中に、前みたいに俺のクローネって言ってもらった方がいいかしら？」

「ぐっ……な、なんて懐かしい話を」

「言ってくれないの？」

彼女は上目遣いにアインを見上げた。

「……ば、場合によっては言う可能性も」

「可能性なの？　確実に言ってくれる方が、私は嬉しいのに」

するとクローネはアインの目の前で止まった。

トンッ……と彼の胸元に身体を預け、背中に手をまわして密着する。

「言ってくれないの？」

また、同じ言葉を繰り返した。

二人の距離はこれまでのどんな時よりも近い。呼吸が聞こえてくるどころか、鼓動の音を共有しているような距離だ。

「――――クローネ」

と、自然と彼女の名を口にする。

両手を彼女の背中にまわすと、そっと抱き寄せるように力を込めた。気恥ずかしくなることもなく、狼狽《うろた》える様子を見せることもなく、最後は力強く抱き寄せた。こうするのが当たり前と言うかのように、自然と身体が動いていたのだ。

「……うん」

クローネは唇をつん、と主張して瞼《まぶた》をゆっくりと閉じていく。

艶《つや》やかな唇がアインを引き寄せるように誘惑していた。

睫《まつ》毛《げ》の一本一本まで分かる距離――――唇がもう数センチで重なり合う。

――――はずだったのに、邪魔が入った。

その瞬間、二人の耳に聞きたくない声が入ってきたのだ。

「一体何なのだ、あのディルという男は！」

「で、殿下っ！　落ち着いてください……ッ！」

離れた所から聞こえてきたのは、ティグルとグリントの声だ。

あまりの事態に、アインとクローネは思わず身体を硬直させた。

「こんなにキレそうになったのってはじめてかもしれない」

アインが不満そうに言って、クローネを軽々と抱き上げた。

いわゆるお姫様抱っこの体勢のまま、早歩きで木々が生い茂る方に向かって歩く。ここで奴らに見つかったら何を言われるか分からないし、面倒なことこの上ない。

気遣って散歩に来たとはいえ、少し軽率だったかと反省した。

「ここなら大丈夫かな」

「…………う、うん」

木の陰に隠れてからクローネを下ろそうとしたが、彼女はアインの首に手をまわしていた。

「ちょっとだけ静かにしててね」

密着した状態でこう言われ、クローネの身体がピクッと震えた。

「本当にイシュタリカは気に入らない者ばかりだ。王太子といい、その護衛といい……」

「仰る通りです」

近くにその王太子が居るとも気が付かず、ティグルは不満を口にしつづける。

「それに、王太子の補佐官もだ！」

補佐官という言葉を聞き、クローネが耳を澄ませる。

「奴の補佐官に何かあったのですか？」

「なんだ、覚えていないのか？　例の小綺麗《こぎれい》な字を書く補佐官のことだ。まったく、あの王太子に関わる者全員が憎くてたまらんな」

「お気持ちは分かります、殿下」

「……はぁ、愚痴をつづけても仕方ないか」

ティグルは木陰に隠れたアインとクローネに気が付く様子がない。

やがて。

「戻るぞ！　会談で奴らを負かすためにも会議をする！」

「は、はっ！」

二人は嵐《あらし》のようにやってきて、嵐のように去っていった。

去っていったのを確認したにもかかわらず、クローネはアインの傍《そば》から動こうとしない。彼女はアインの胸元で静かに呼吸を繰り返しているだけだ。

しかし間もなく、彼の胸元に顔をこすりつけてから口を開く。

「ねぇ、私の字って変？」

「俺は綺麗だと思ってるし、ウォーレンさんだってそう言ってたよ」

「……ええ、そうよね。だって私は代筆として任されたんだから、手紙一つ書くのだって、何回もやり直して丁寧に書いたんだもの」

邪魔しに来た挙句の陰口に、さすがのクローネも苛立《いらだ》ってしまう。

「面倒な王子だって言ったけど、二度と関わりたくない王子よ。……アイン、頬をこっちに向けて」

「頬を？」

なんだろうと思いつつ頬を向ける。

すると、クローネの唇がすぐに近づいてきて――――。

ふっ、と軽く頬に触れた。

「んっ……っ」

譲れない何かがあったのだろう。

さっきまでの雰囲気は消えてしまったが、彼女はアインの頬に口づけをした。ほんの数秒の触れ合いだったが、頬に触れた温かさと感触は気のせいではない。

「………」

クローネはそれからアインの首元に顔を埋《うず》めた。

「い、今はこれで我慢するもん……！」

お互いに数分前の雰囲気には浸れない。

だからこれが限度だ。けど海龍騒動のときの「女神の祝福」と違い、熱のこもった想《おも》いは更に熟しきっている。

アインはそんなクローネを愛《いと》おしく思い、彼女を優しく抱きしめつづけた。

会談

翌日のことだ。

曇りで冴《さ》えない天候の中、両国は朝から会談の支度に励んだ。

普段であれば昼食を楽しんでいるはずの時間になって、ハイムの一行が島の中央にある建物へ足を踏み入れる。

まだイシュタリカの一行は到着していないようだ。

「我々が先とは……気に入らんな」

たった今そう言った男の名はガーランド・フォン・ハイムと言い、現ハイム国王にあたる男だ。

身長は高すぎなければ低くもない。アインの方が少し高いぐらいであった。

彼は金糸をふんだんに使った分厚いマントを羽織り、豪華絢爛《けんらん》な王冠を被《かぶ》っていて、一目見れば日ごろの栄耀な暮らしぶりが分かるような出《い》で立ちだ。

彼は自慢の金髪と同じ色のヒゲをさすりながら、ふんぞり返るように腰を下ろす。

「ティグルよ、お主もそう思わんか」

「父上が仰《おつしや》る通りです」

二人が腰を下ろしたところで、連れてきた三人も同じく席についた。

ローガス、エレナ、そしてグリントの三人だ。並んで座った五名の後ろには、ハイムの中でも精鋭に数えられる騎士がずらっと並ぶ。

皆の整然とした立ち姿は騎士としての強さを漂わせていた。

――――が、それはやがて霞《かす》んでしまう。

ガーランドたちが入って来たのと同じ出入り口から、更に足並みの揃《そろ》った、逞《たくま》しい騎士たちが現れてしまったからだ。

「ようやくか」

ガーランドがこう口にすると、ローガスは現れた者たちに目を向けた。

「イシュタリカの近衛《このえ》騎士か」

「父上も見たことがあったのですか？」

「いや、はじめて見る。だがあれ程に洗練された動作だ。間違いなくただの騎士ではない。グリントは以前見ていたようだがな」

「私は……エウロのときに見ておりました」

敵ながらなんと見事なことか。ティグルたちの不評を買うことが分かり切っていたから、ローガスは思っていても口にしなかった。

「ほう」

近衛騎士につづいて現れた者を見て、ガーランドが目を見張る。

「いい女だ。悪くない」

彼はクリスを見て口角を上げた。品定めするように足元から腰付き、そして胸元や首筋に視線を送り、彼女の女性らしさを堪能したのだ。

「お待たせして申し訳ありません」

と、いつもの調子でウォーレンが現れる。

ハイムの一行は今の言葉に何も答えず、ガーランドはティグルに尋ねる。

「アレはなんという男だ」

「あの男はウォーレン、イシュタリカの宰相を務める男です」

「ほう、あの老躯《ろうく》が例の」

父は妙に自信のありそうな表情を浮かべているが、一方でティグルの内心は違う。

以前、エウロで会った際に遊ばれた苦い記憶がよぎったのだ。子供扱いされただけでなく、結果的に激昂《げきこう》させられて恥をさらした。

彼にとっては思い出すのも気分が悪い記憶だ。

「陛下。どうぞこちらへ」

「うむ」

ウォーレンの言葉につづいてシルヴァードが現れた。

隣にはいつでも剣を抜けるように控えているロイドが立つ。ロイドはローガスと違い、シルヴァードの後ろに控える。

「……あれがイシュタリカの王か」

小さく呟《つぶや》いたティグルは息をのむ。

すると彼らは、不意に目線が重なった。

漂う覇気に耐えられず、あっという間にティグルは視線をそらしてしまう。これが彼にとって屈辱的だったのは言うまでもない。

隣に座るガーランドはその様子に気が付く気配もなく、ウォーレンを見て口を開いた。

「そちらの王太子も来るのであろう？」

「ええ。もう到着すると思いますので少々お待ちを」

随分と待たせるではないか。

不満を抱くも口にはしないで、肩をすくませて静かに待った。

待たされているハイム一行の中でも、エレナはとりわけ難しい感情を抱いていた。というのもイシュタリカの王太子と言えば、クローネの想い人だ。娘が心を寄せる相手を見たい気持ちが半分、その相手と口論になると思えば億劫《おっくう》な気持ちが半分だった。

「エレナ殿、どうなされた？」

と、隣に座るローガスが気遣った。

「いえ……なんでもありません。それにしても、ローガス殿は落ち着いていらっしゃいますね」

「どうでしょうな。存外、心は穏やかではないかもしれませんよ」

彼も久方ぶりに息子と再会することになる。

だから、そう思うのも無理はない。

エレナは大将軍ローガスの見たことのない一面を垣間見《かいまみ》て、小さく笑みを浮かべた。

——コツン、と革靴で歩く音が聞こえてきた。

それは決して一人分ではなく、エレナはすぐに理由を察した。

「どうやら、王太子殿下と補佐官がいらっしゃるようで」

「ああ……そのようで」

ハイムの一行は待たされたことに不満を持つ者が多かった。けどイシュタリカはそれを申し訳なさそうに振舞うどころか、これからの展開を楽しみにしているようにほくそ笑む者もいる。

「ふっふーん」

イシュタリカの席の奥にある部屋の前に、いつのまにかリリが立っていた。

彼女はエレナを見て、唇を動かして言葉を伝える。

お探しだった人物との再会ですよ、と。

訳も分からず戸惑うエレナの耳へと、ウォーレンの声が届く。

「到着なさったようです。あちらにいらっしゃいますのが——」

建物内に、一組の男女が足を踏み入れた。

男性の方は腰に長い剣を携えて、白銀を基調とした、イシュタリカ王家の正装に身を包む。一方で女性も似ている制服に身を包んでいた。

「我らが王太子殿下と、王太子殿下の補佐官でございます」

ウォーレンがニヤリと笑みを浮かべ、やってきた二人を紹介する。

「……私が、アイン・フォン・イシュタリカ。王太子だ」

誰《だれ》よりも先に驚いたのはエレナだった。

王太子と名乗った人物とは初対面ではない。自分がマグナに行ったとき、正体を隠して宿を紹介してくれた人物であるからだ。

リリに彼のことを聞いたとき、妙に答えがはっきりしなかった理由が今分かる。

同時に、再会ですという言葉の意味もだ。だがこれだけじゃない。

アインの隣にいるクローネを見て、思わず涙が零《こぼ》れそうになるのに耐えた。立派に美しく成長した姿を見られたこともそうだが、まさか王太子の補佐官になっていたなんて、という強い感動に身を震わせていたのだ。

「……馬鹿な」

次に言葉を漏らしたのはローガスである。

何故《なぜ》ならアインの外見が、自分が知るアインの年齢には釣り合わないからだ。まだ少年らしさがぬぐい切れない顔つきではあるが、体躯《たいく》は年相応のそれではない。

「嘘《うそ》だ……どうして君が……」

ティグルが思わず立ち上がり、力なく手を伸ばした。

彼に応《こた》えたわけではないが、クローネがアインにつづいて口を開く。

「私は王太子殿下の側仕えを務めるクローネ・オーガストと申します」

「クローネッ！　ど、どうして君がそこに……ッ⁉」

久方ぶりの再会だというのに、一目で分かったのは評価できる点かもしれない。

しかし、クローネには再会により何か感情が生まれることはない。彼女はあくまでも冷静にティグルの方を見ると、何ら特別な感情をこめずに言う。

「私は王太子殿下の補佐官です。ここに居ることになんの不都合もないかと」

「何を、言っているんだ……？　君はイシュタリカに連れて行かれて――」

「別に拉致《らち》をされたなどではありませんから、お気になさらずに」

クローネはこう述べた後、アインを促して席に着いた。

「君はどうしてそこにいるんだ⁉　私に何の連絡もくれずに……ッ！」

「……ですから、私は王太子殿下の補佐官ですので。それに、手紙なら差し上げたじゃありませんか」

小さく微笑《ほほえ》みかけてきたクローネを見て、ティグルは気分を良くした。

しかしながら、連絡をしたと言われても何のことかが分からないし、彼女がアインの隣に座っている事実は少しも変わっていない。

「手紙だって？」

「ええ。ご存じでしょうが、イシュタリカから届いた文は私の代筆によるものです」

それを聞いてティグルはハッとした。確かにクローネは王太子の補佐官と名乗ったのだ。となればハイムに送ってきた手紙を書いたのは、今ここに居るクローネということになる。

……すると、自身の発言を思い出してしまう。

今更だが、美しい字の……と、賞賛の言葉を送ろうとしたが。

「あの綺麗《きれい》な文字の――」

「気を遣っていただかなくとも結構です。昨晩、護衛の方との会話を耳にしまして、不快な思いをさせてしまったのは存じ上げております。これにつきましては、私の不徳の致す限りです」

クローネはここまで言うと、さっとティグルから視線をそらした。

私情が関わることには、もう答える気がないのだろう。

「嘘は言ってないけど、攻めすぎじゃない？」

「邪魔された恨みよ」

ティグルもまた席に座り直すと、小声で話をする二人を力ない瞳《ひとみ》で眺めていた。

「……見られてるけど」

「大丈夫よ。後で風邪薬を貰《もら》っておくから」

「風邪薬？」

「ええ、今日はすごく寒気がするの」

「……そういうことか」

クローネの真っ黒な冗談に軽く返事をすると、アインは一瞬、ハイムの席に目を向ける。

おとなしく座っているローガスとグリントを見てから、そっと胸に手を当てた。幸いなことに精神的にも落ち着いている。

自分が思っている以上に感情の整理ができていたらしい。

「アイン様、クローネさん。大丈夫ですか？」

「大丈夫だよ」

「私もです。思っていた以上に心が穏やかですから」

「良かったです。ご無理はなさらないでくださいね？」

これで両国ともに支度が済んだ。

あとは厳かに会談をはじめるだけだ。

しかし。

「はっはっはっ！　なんだ、くだらん会談をする必要はなかったのだな」

と、ガーランドが高らかに笑って言う。

「必要がない、とは？」

その声に答えたのはウォーレンだ。

「決まっているだろう。そこにいるのが我が息子が探していた女であれば、もはや面倒な会談をする必要はない。そちらに物申したいことはあったが、面倒が済むなら今回は棚上げとすればよいだけのことだ」

「ふむ」

「頷《うなず》いてないでその女をこちらに返せ。そのアウグスト家の令嬢をな」

「アウグスト家の方とは？」

会談の開始となる合図はなかった。

しかしガーランドの発言がきっかけとなって、アインが予想した通りの殺伐とした会談が幕を開ける。

「つまらん惚《とぼ》け方だ」

「惚けるとは、異なことを申されますな」

「では何と言えばよい。我が子ティグルが気付いた通り、そちらが王太子の補佐官はアウグスト家の者であろう」

「これは失敬。仰《おつしや》っていた相手というのはオーガスト家の方でしたか」

「………………下らん茶番をする気はないのだが」

「正確なお言葉を頂戴《ちょうだい》したかったまでのことです。さて」

するとウォーレンはヒゲをさすり、考えるふりをした。

それは少しの時間ではあるが、ガーランドを大いに苛立《いらだ》たせた。

「私はクローネ殿のことを一人の民として、そして王太子殿下に仕える者として、心から信頼しております」

「だからなんだというのだ」

「この際はっきり申し上げますと、手放す気はないということです」

「我が国《ハイム》の民をか？」

「ええ、我が国《イシュタリカ》の民をです」

このウォーレンという男は折れることがなさそうだ。

ガーランドは敏《さと》く理解したが、引く心は毛頭なかった。

ではどうするかという話になるが、クローネをハイムに連れ戻すには、何か譲歩する必要があるという結論に至る。

問題はガーランドの気が進まないことと、ウォーレンが同意するかであるが。

「これまでかかった金を払おう」

と言うも。

「おや、どうやらそちらも惚けていらっしゃる」

望まない言葉が返ってきた。

「仮に金を払うというのならば、彼女を手放すことによって、我らイシュタリカが被る被害を補填《ほてん》するのが道理では」

「何を言うのかと思えば、貴様も金が欲しいだけであったのか」

「私は宰相です。心はイシュタリカの天秤《てんびん》そのものであり、我が国の富となるのなら、多少の犠牲を払うことに異論を唱えることはないでしょう」

「はっはぁっ！　よい、申してみよ！」

十分な金をくれてやる。

現実的な言葉からは、冷酷に利益を重要視する性格が見え隠れしている。

エレナは娘を金でやり取りしようとしてる皆に腹を立てていた。が、同時に少しも動揺していないイシュタリカの一行を見て、注意深く真意を探る。

「クローネ殿が老衰で死去するまでの影響力と、死後に残る影響力。このすべてを試算した結果、我らの国家予算三十年分はお支払いいただきたい」

「……ふざけているのか？」

イシュタリカの国家予算については、エレナですら聞いたことがない。

しかし、予想はできる。

ハイムと比べても確実に十倍、いや数十倍では効かないだけの国家予算が設けられているのは疑いようのない事実であった。

「私を舐《な》めておるのか？」

「お戯《たわむ》れを」

正直なところ、ウォーレンの要求は現実的ではない。

「ちなみにハイムの財で賄えないことは分かっております」

「税収を上げれば――――」

「不可能でしょう。ハイム中の財を集めても支払えない金額です」

これを聞いて、エレナの苛立ちが落ち着いた。

ウォーレンが口にしていた言葉に嘘《うそ》はなかったのだ。何せ彼はついさっきはっきりと、クローネを手放す気はないと口にしていた。

今の支払いができるかどうかというのは、単にハイムが遊ばれたに過ぎない話だ。

その証拠に。

「そもそも私はその取引に応じる気がありませんので、この話はもうよいのでは？」

「応じる気がないだと？　何を言っているのだ、貴様はッ！」

「ガーランド王は私にクローネ殿の価値を尋ねた。だからこそ、私はそれに答えたまでですよ。取引に応じるなんて一言も申しておりません」

「馬鹿を申すな。貴様の心はイシュタリカの天秤そのものなのだろう」

「故にクローネ殿を手放す気はないのです。我が国の三十年分の国家予算となれば、そちらの大陸ごと買えてしまう。ですが彼女はそちらの大陸を貰うよりも価値がある、つまりこういうことでございます」

と、最初からウォーレンの意見は一貫していた。

「それに我らが、ハイムとの取引を受け入れるはずがありません」

大きくため息を吐《つ》いてウォーレンが言う。

「取引とは信用できる相手でなければ出来ません」

「言うに事欠いて……その態度は何だ」

これまで口を閉じていたティグルが威勢よく口を開いた。

「このような場を設けておきながら、まじめに話をする気がないように見えるな。まるで和解する気がないようにしか見えん」

「……これはこれは、驚きました」

心底驚いた様子で、ウォーレンがティグルを向いて苦笑した。

「重大な密約を破った相手を信用できるはずがありません」

「だ、だがイシュタリカは海結晶が欲しいのだろう⁉」

「確かに欲しいですな。ですが、その問題は解決に向かっております」

ハイムとの国交があった頃《ころ》は喉《のど》から手が出るほど欲しかった。

だが今はハイム相手に折れる必要はない。それほどまでにエウロとの取引は順調で、予想以上の成果があがっている。

それこそ、将来的に枯渇する可能性はゼロではない。

しかしこれも時間が解決できる問題だ。

「海結晶に頼らぬ魔道具の開発も進んでいます。今後数十年は枯渇の心配がない今では、ハイムと取引を交わす必要はないのです」

「ッ――――しかし！」

食い下がるティグルは席を立って、イシュタリカ側に足を進めてしまう。

たった数歩ではあるが、両国のちょうど間に立っていた。

しかし彼の足は止まらず踏み込みそうになってしまい、その刹那《せつな》。

「殿下ッ！　それ以上はなりませんッ！」

制止の声をローガスが叫んだ。

彼の眼《め》は微塵《みじん》もティグルに向けられておらず、シルヴァードの後ろに立つロイドに向けられていた。

「ほう、気が付いたのか」

驚いた様子でロイドが言うと。

「こんなのは直感に過ぎん」

ローガスが応え、すぐにティグルの隣に向かう。

多少強引ではあるがティグルの手を引いて、ハイム側の席に戻っていく。

「なぜ止めたのだ！」

「止めなければ助けられなかったからです」

「な、なにを……ッ」

「……イシュタリカの元帥の間合いです。あの距離であろうと、奴《やつ》にとっては一足の間合いであるように感じました」

聞いた瞬間、全身に鳥肌が立った。

「イシュタリカは戦争行為を行わないのではなかったのか」

震える足を勇ましく奮い立たせ、ティグルはこう訴えかけた。

「殿下、今のイシュタリカにその言葉を投げかけても意味はありません」

「エレナ？　それはなぜだ」

「先ほど宰相殿が仰《おっしゃ》ったとおりです。我らと和解する道が存在しないのなら、両国の関係は友好関係とはほど遠く、それどころか――」

「敵国に近い、ですかな？」

ウォーレンが目を細めて言った。

「ええ、間違いなくそうお考えのはずです」

二人がじっと目線を交わしあうのを傍目《はため》に、ティグルは苦々しい面持ちで、自らの席に戻っていく。足取りは重く、苦虫《にがむし》を噛《か》み潰《つぶ》すどころか、一気飲みでもしたのかと思うほどの不快さをあらわにしていた。

「しかし、存外イシュタリカも無駄なことを好むようだな」

「陛下」

「止めるなエレナ」

ガーランドが制止に目もくれず笑った。

「我らとの縁を完全に切りたいのであれば、黙って国交を断ち切ったままでいればよかろう。一々このような場所まで用意して、人々を集めて語る言葉が先ほどのそれか？」

「失礼ながら、我らとしてはすでに縁が切れたつもりでありましたな」

「が、我が子ティグルやエウロの件があると？」

「何があったからとは申しませんが、我らは確実な保証がほしいのです。この会談を機に、すべての遺恨を解消できれば、それ以上の喜びはありません」

「矛盾しておる。お主は先ほど、我らとの取引は信じられぬと言ったではないか」

「――――いいえ、矛盾してなどおりません」

ウォーレンの言葉から漂う殺気に気が付いたのはエレナだけだった。大将軍ローガスでは気が付けないような、隠された牙《きば》に目を見開いたのだ。

「それはイシュタリカとしてのお言葉でしょうか。それとも宰相殿個人の――――」

尋ねたエレナの言葉に返事は来ない。

会談はここから、どちらも口を開かない膠着状態《こうちゃくじょうたい》に陥った。

苛立ちを隠せていないハイムの王族と対照的に、シルヴァードとアインは落ち着いていて、何一つ慌てている感じがしない。

ふぅ、ため息を吐《つ》いたエレナとアインの視線が交錯する。

すると苦笑いを浮かべたアインが口を開いた。

「また明日に持ち越そう。今日はもう十分に思える」

残す会談の日数は二日間だ。

まだ話し足りないところではあるが、初日はこのぐらいの語らいで構わない。すぐ傍《そば》に座るウォーレンも頷いて、アインの言葉に同意した。

一方でハイムの一行もそうだ。

誰《だれ》よりも先に立ち上がったガーランドが歩き出し、騎士を連れて外に出て行ってしまう。

出入り口で「早く来るのだ」とティグルを呼び、クローネと言葉を交わしたそうにしていた息子も連れ出した。

つづけてローガスや騎士も外に出て、一人残ったエレナもゆっくりと立ち上がると。

「――――」

彼女はクローネのことを少し見つめてから、出入り口へと向かって行った。

「お母様らしいわね」

「良かったの？」

「うん、これでいいの」

少し二人の間に哀愁が漂った。

するとその後ろからロイドが口を開く。

「しかし分からんな。ウォーレン殿はクローネ殿のお母君のことをどうお考えだろうか」

「む、何がですかな？」

「彼女はハイムの切り札とも言える文官のはずだ。ならばなぜ、自身で口を開かず王族に場を任せていたのだろう」

「なぜかと聞かれると、私の言動を観察していたからでしょうな」

「おや、ウォーレン殿を観察とな」

「私は此度《こたび》の会談において、唯一の懸念材料にエレナ殿を挙げておりました。その理由は今更語る必要がないでしょうが、エレナ殿のことは油断してはいけません」

ウォーレンはそう言って笑う。

「彼女は何か企《たくら》んでおいでのようですから」

「……よい。すべてウォーレンに任せるとしよう」

「ええ。ですので明日の会談ですが、すべて私にお任せください」

「余たちは欠席でよいと？」

シルヴァードの言葉に応《こた》えるようにウォーレンが立ち上がる。

横一列に並んだ皆を前にして、両腕を大きく広げて高らかに言う。

「明日の会談は私にお任せくださいませ」

誰一人として彼の言葉を疑わずに、シルヴァードが代表して「任せた」と口にした。

◇◇◇

翌朝のウォーレンは言葉通り、シルヴァードたちと分かれて行動していた。

「リリ、支度は終わってますか？」

「はっ。すべて滞りなく」

全身を黒で覆うローブという随分と分かりやすい格好だが、ウォーレンが持つ隠密集団には、実は制服が存在する。そのローブに身を包んだ者がリリを加えて十名ほど、外を歩くウォーレンに付き従っていた。

「結構です。最終日の会談はクローネ殿に任せるつもりですから、面倒事は今日の内に終わらせたいものですね」

そう口にした彼の手元に、リリから紙の束が渡された。

「こちらが貴族からの返事をまとめたものです」

「これはありがたい」

「アイン様の人望によるものですね」

「その通りです。これはアイン様が英雄と呼ばれ、初代陛下と並ぶ高い評価を得ているから選ぶことができる手段ですから」

「聞いた話によれば、フォルス公爵家も賛成派だとか」

「ご子息のレオナード殿とアイン様の友好は深い。その影響もあってか、フォルス公爵は賛成派のようですね……おや？」

紙を捲《めく》ったウォーレンの目に、大陸イシュタルの地図が映る。

それは所々、色が塗られていた。

「ご覧になっているのは賛成派と反対派、そしてどちらとも言えない者の分布です」

リリの言葉を聞いてウォーレンは合点がいった。

「……マグナと王都の賛成派が目立ちますね。特にマグナは、ほぼ全体が賛成派ですか」

「これは、昨年の春に調べた結果です。公に出せる情報ではありませんので、皆が仮定の上で答えた形となりますが」

「良い資料でしたよ」

読み終えると、ウォーレンはそれを懐にしまい込む。

「こうした時にも使えるのですから、情報というのは、多いに越したことがありませんね」

彼は楽しげに笑い、ハイムとの会談の舞台へ向かった。

遅れてやってきたハイム一行に、ガーランドとローガスの姿はなかった。

代わりにエレナとティグル、そしてグリントの三人が騎士と文官を連れてやって来たのだが、反対の席に一人で座るウォーレンの姿を見て、呆気《あっけ》にとられる。

だが、エレナだけがすぐに冷静さを取り戻す。

彼女だけが静かにウォーレンを見て、これからはじまる戦いに備えていたのだ。

「今日は宰相殿だけですか？」

「ええ、すべて私に一任されております」

「そうでしたか。こちらは殿下がおりますが、私も陛下よりお任せいただきました」

「かしこまりました。では、私とエレナ殿の語らいとなるようで」

ティグルはすでに何か言いたげだ。

相手が王族の一人も連れず、宰相一人だけよこしたのだから不満に思っても仕方ない。あとはクローネがいないことに落胆していたことぐらいか。

何はともあれ、彼は昨日《きのう》ガーランドが座っていた席に腰を下ろした。

すると今日はグリントが彼の後ろに立ち、昨日のロイドのように控える。

最後に席についたエレナ。

「エレナ様、こちらを」

彼女に文官が資料を手渡した。

「陛下が仰《おつしや》っておりました。我らが咎《とが》めを受けることがあってはならぬと。イシュタリカの思うつ

ぼにさせてはならん……と」

「咎めを受けることがあるとすれば、それはハイムだけではないの」

「……はい？」

「いいから、もう控えていなさい」

すると文官は引き下がり、後のことがエレナに託される。

「宰相殿、はじめても？」

「ええ、どうぞ」

と言っても、特別議題を決めていたわけじゃない。

意見のぶつかり合いになるか平行線をたどる、あるいは、ウォーレンにやり込められて終わるだけと思っていたエレナではあるが、初手の用意に抜かりはない。

「私の義父と娘の件に関して、確認したいことがございます」

「ええ」

「イシュタリカが調べた情報と齟齬《そご》がありましたらご指摘ください。二人は義父の療養を目的にバードランドに向かった」

「そうですな」

「バードランドという他国までは当家の馬車でした。その後、二人は商人の馬車やエウロの馬車を経由して、入念な支度のもとに密《ひそ》かにエウロへ到着したのです」

「間違いありませんな」

「では二人は自発的に馬車を契約した。これも間違いありませんか？」

ウォーレンは「はい」と頷《うなず》いた。

妙に細かく聞いてくるな、と不思議ではあった。

何か言質を取ろうとしているようで、しかし話を自分に都合のいい方向に誘導しているようにも聞き取れた。

「我らイシュタリカの調査が信じられなかったのですかな？」

「とんでもない。統一国家イシュタリカの力はよく存じ上げております。二人がたどった道のすべてに間違いはないでしょう」

「では、何が知りたいのでしょうか」

「私は確認したいだけなのです。二人が連れ去られたのか――――あるいは」

「たとえば亡命者であった、とかですかな？」

するとエレナはふっと笑った。

亡命者という言葉に喜んだのは一目瞭然《いちもくりょうぜん》。

だが、理由が不明だ。

「二人はイシュタリカにとって亡命者なのですね」

「……お立場が重要と？」

「私にとっては。それで、いかがお考えでしょうか？」

「ふむ――――」

「ご納得いただけないのなら判断いただきたいのです。連れ去ったわけではない、しかし二人は確かにイシュタリカに居る。なぜなら二人は、エウロからイシュタリカの船に乗って海を渡ったのですから。ですがクローネは今、王太子補佐官の地位にあります。そうした存在がただの旅行者のはずがありません」

だから選べと彼女は言った。

「そう論ぜられると、亡命者と言わざるを得ませんな。お二人はすでに我が国の民であるわけですので」

解せないのは、どうしてこんな話をするのかということだ。

エレナはクローネとグラーフが海を渡った理由を知っているわけだから、こうした事実をわざわざ確認する必要はないし、確認したところで、ティグルたちに状況を説明する要素にしかなっていない。

だが、ここでする必要はない。

何よりも時間の無駄をエレナが好むとも思えない。

「クローネたちは亡命者で、すでにイシュタリカの民……なるほど」

「何か気になることでもおありでしたか？」

「私の家族のことですもの。気にして当たり前かと」

他の何かのために言質を取ったはずなのだが、彼女に隙はなかった。

「そうだ！　エレナは家族を奪われたも同然ではないかッ！」

「で、殿下!?」

「もうよい、私が奴《やつ》に言う！」

唐突に暴走しだしたティグルのことを、エレナは軽く諫《いさ》めるだけにとどめた。

「…………」

ウォーレンは違和感を覚えた。

ここまでの流れは悪くなかったのに、何故《なぜ》ティグルを強く止めなかったのか。彼女の頭脳があればその方法を思いついたはずで、ここで口を挟まれることが悪手なのは間違いない。

「いくら亡命といえど、エレナは家族と離れ離れになったのだ！　周りの都合でそうするのは悲しいことであろう！」

「おお！　それを聞けて私はとてもいい気分でございます！」

突如ウォーレンが喜んだ。

「第三王子殿とお気持ちを共有できたことが、これほど嬉《うれ》しく感じるとは思いもしませんでした」

同調してくれたような言葉だが、ティグルは頬を引《ひ》き攣《つ》らせた。

「何か言いたいようだな」

「奇遇ですが、確か我が国にも家族を失った者たちが居たと思いまして」

「そんなことは私に関係ない。そちらの国の者ならば、そちらの国で対処すればよいだろう！」

「それが我が国の者は、どうやらハイムに家族を奪われたようでして……こんな時に思い出してしまい申し訳なく思っておりますが、心当たりはございませんか？」

「知らんッ！　どうして我が国に家族を奪われたと考えておるのだ！」

声を荒らげたティグルと対照的に、依然としてウォーレンは落ち着いて答える。

「どうして、と聞かれると、調べたからという答えになりますが」

「……は？」

この時のティグルは本当に理解していなかったのだ。

少しも、一かけらもウォーレンの真意を探れていなかった。

だがすぐに真意が語られる。

「ハイム王国第一王子は羽振りがいい方のようで、ご自身の屋敷をいくつもお持ちだとか。調べたところによると、我が国の者の家族がその屋敷に幽閉されているらしいのです」

ティグルはついにハッとした。

「まさか」

レイフォンが用意した都合のよい者たちのことに違いない。

彼らの中には一人としてハイム出身は居ないし、ロックダムやバードランドにも居られない存在だから使いやすかった。だから万が一にハイムとの関係が疑われたとしても、ハイムは知らないと白を切れる者たちだったのだ。

しかし。

「家族と離れ離れになるのは悲しいこと、確かにその通りですな」

こうなっては状況が変わる。

いつの間に奴らがイシュタリカに見つかっていたのか不明でも、ウォーレンが奴らをイシュタリカの民と言い張るのなら、話は別だ。

「エ、エレナ……ッ！」

「大丈夫です」

ここでエレナが話の中心に戻る。

「宰相殿、もしかすると彼らもまた亡命者なのでは？」

「おや、よくご存じで」

「勘が良いもので。今の話は寡聞にして存じ上げませんでしたが、ご家族をイシュタリカにお送りすることに関しては私にお任せくださいませんか？」

「ふむ……私としては、これは先制攻撃に値するのでは？　と考えたのですが」

「御冗談を」

エレナはウォーレンの言葉を一笑する。

「そちらの亡命者の家族がレイフォン殿下の下に来たのは、亡命者たちがイシュタリカに渡る前のことでしょう。これを我が国の罪と言うのなら、イシュタリカにだって私は求めたいことがあります」

「……我らに？」

「ええ、何せ私の義父と娘は大罪人です」

隣でティグルが呆気にとられるのを傍目に、エレナは堂々と話をつづける。

「二人は大公家の人間でありながら、王家に物言いをせずに国元を出た。これが国家反逆にあたるのは道理です」

「それについては状況を鑑みるべきでは？」

「法に情は必要ありません。密約を破ってしまった国元に奉公の念を失った……こうした事実の振る舞いだったとしても二人がした罪は揺るがない。そして、二人を受け入れたイシュタリカもある種の確信犯に他なりません」

その言葉には筋が通っていた。

イシュタリカにやってきた新たな亡命者たちのことで文句を言うのなら、クローネたちの件でつつかれても仕方がないと。

だから一方の罪にすることは出来ないと言ったのだ。

「ハイムはその家族をイシュタリカにお送りする。これで済む話です。むしろここで我が国に牙《きば》を剥《む》かれると、イシュタリカ初代国王陛下のお言葉に背くことになりましょう」

「…………確かにそうかもしれませんな。よろしいでしょう」

「では」

「ええ、第三王子殿に一筆認《したた》めて頂ければ満足です」

「し、しかし！　兄上のことを私が勝手には――」

「恐れながら殿下、それを気にしている場合ではありません。攻め入る隙を与えることになりかねないのですから」

さすがのティグルもその言葉には恐怖を抱き、両手を強く握って震わせた。顔を真《ま》っ赤《か》に染め上げて唇をかみ、机をドンッ！　と強く叩《たた》く。

向かいの席に座るウォーレンはと言えば「なるほど」と頷いていた。

これまで黙っていたエレナの真の狙《ねら》いを察し、してやられたと苦笑した。

「私が第三王子として……兄の振る舞いを詫《わ》びる」

「では解放してくださると？」

「ああ」

「それはとても素晴らしいことです。一筆頂けますかな？」

「もう、好きにしろ」

ティグルは力なく腰を下ろし、この失態にうつむいた。

どうしてすべて知られたのだろうか？　たとえイシュタリカであろうと、そう簡単に調べがつかないはずの計画だったのに。レイフォンの屋敷のことまで知られているとなれば、下手《へた》に言い逃れができないことはティグルでも分かってしまう。

「……今日はもう疲れた」

大きく息をついたティグルが力なく言う。

「第三王子殿がお疲れのようですし、一度休憩といたしましょうか」

「そうしてくれ。……エレナ、これを」

と、彼はエレナに王家の印を手渡す。

「先ほどの件を任せる。私の名において如何様《いかよう》にも約束をしてくれて構わん」

「承知いたしました」

「——私は少し、外の空気を吸ってくる。またしばらくしたら戻ってくるから、それまでここで待っていてくれ」

するとティグルはグリントと騎士を連れて外に出た。

席を立ったエレナだが、彼女は向かいの席に座るウォーレンに近づく。文官や騎士が共に歩いて来そうになるも、彼女は手でそれを制した。

「私だけでいいから、ここにいて」

「……はっ」

コツン、と足音を立てて、エレナがウォーレンの前に進む。

ウォーレンはエレナに対し、すぐ傍の椅子に座るように指示をした。

「私が書状を用意しますので、少しお待ちください」

「承知いたしました」

返事を聞き、ニヤリと楽しげにウォーレンが笑った。

「第三王子を強く止めなかったのも計画のうちでしたか？」

「ええ。イシュタリカの宰相を相手にするのですから、利用できるものはすべて利用しなければいけませんので」

「良い心構えです。そのために、我が国の騎士も利用されたのですか？」

「ご不満でしたか？」

「いいえ、内容が内容でしたので特には。ただ、騎士からエレナ殿とのやり取りを聞いた際にはとても驚かされました。貴女《あなた》は女性を救いたいだけなのだと、そう思っていましたが」

そう言って、ウォーレンは一通の封筒を取り出した。

中に書かれているのは、レイフォンが幽閉している女性たちについての情報だ。そして、イシュタリカに渡った者についても詳細に記載されている。

「私に情報を売ったのは、エレナ殿がハイムの命運を握るためだったのですね」

「………ただで売るはずがありませんもの」

「つまり私の目的も察していたのだと？」

「イシュタリカではなく、宰相殿個人の目的なら察しがついています」

「興味深い。答え合わせでもいかがですか？」

二人の様子は周囲の者からすれば、レイフォンの件を相談しているようにしか見えない。

だが、その内容は探り合いの感想戦だ。

「イシュタリカはハイムとの国交断絶に加えて、それに対しての明確な保証が欲しかった」

「ええ、エレナ殿の仰《おつしや》る通りです」

「だからこそその会談でしたが、宰相殿の思惑は違います。貴方《あなた》はハイムのことをどこまでも信用しておらず……だからこそ別の保証、いえ、大義名分が欲しかった」

それは。

「ハイムを攻めることが可能となる口実が欲しかったのでしょう」

しかしウォーレンは頷《うなず》かない。

だが否定もせず、ただ笑顔を向けるだけだ。

これは初代国王の言葉に明確に背かんとする彼なりの答えだが、エレナからすれば、今のウォーレンは同意したも同然である。

「正しくはハイムに動きがあったときに、イシュタリカが先に動ける口実でしょうか。此度の会談は宰相殿にとって、これを得ることが出来たはずです」

「何故《なぜ》そう思われたのです？」

「紙の上での約束なんて、いつ破られるか分からない。宰相殿も同じことを考えていたはずで、ならそうなってしまったときの別の手を求める、こう思ったからです」

「ふむ……やはりエレナ殿は頭の良い方だ」

「お褒めに与《あずか》り光栄です」

するとここで、ウォーレンが認めていた書状が出来上がる。

これを受け取ったエレナは内容を確認し、問題ないことが分かったところで署名をする。つづけてティグルから預かっていた王家の印章を手に取り、強く押印した。

「これで我々ハイムは、クローネとお義父《とう》様について要求できなくなりました」

つまりティグルもクローネを諦《あきら》めなければならなくなった。

「エレナ殿の目的はいくつかあった。一つは第三王子殿にクローネ殿を諦めてもらうこと。そして第一王子殿が幽閉した女性を助け出すこと」

そして何よりも重要な目的がある。

「これらを用いて、我らとのことを穏便に済ませること……といったところでしょうか」

ハイムというよりも、ティグルの要求がこの会談のすべてであった。彼が諦めればイシュタリカとの縁を切ることに文句を言う者はおらず、面倒ごとの多くが落ち着くだろう。

こうなれば、最悪の結末であるイシュタリカとの戦争は回避できる。

「宰相殿、私は最初からこの会談で勝てると思ったことはありません」

「ふむ………だから第一王子の件を利用しようと考えた。つづけて会談の場において、クローネ殿たちと同じ亡命者としての言質を取ることで、彼らはハイムと無関係だと私の保証を得た、と」

するとイシュタリカはレイフォンの件に文句が言えなくなる。

あとに残された問題は些細《ささい》なものだ。

国としての勝ち負けに固執するハイムにとって、もう余計な手出しが出来なくなった。レイフォンの件が明るみに出ている時点で、ティグルやガーランドが強気に動くなんてエレナには到底考えられない。

だからエレナは――――。

「私にとってはこれが勝利に値するのです」

王族のティグルが折れて、余計な諍《いさか》いの心配はなくなった。

イシュタリカと穏便に縁を切ることこそが、彼女にとっての勝利条件だったのだ。

「やれやれ、どうやらエレナ殿は私を出し抜いていたようだ」

数ある勝負の中の一つを引き分けられたといったところか。

これはエレナにとっては大きな意味を持ち、ウォーレンにとっても、これは口惜《くや》しい事実に違いなかった。

――――が。

「小さな思い違いはありましたが、おおよそは想定通りでしたな」

ウォーレンは先に答え合わせでもどうか、と言っていた。

これはエレナの思惑に対してではなくて、あくまでもウォーレンにとって、自身の考えが合っていたかどうかの確認だったのだ。

「エレナ殿の策は見事でしたが、少し物足りなかったですな」

「物足りない……？」

「と言っても、エレナ殿の目的が戦争の回避だけなら悪くない。私はただの大義名分よりも欲しいものがあるのですよ」

彼の瞳《ひとみ》は不敵に輝き、エレナの心を強く動揺させた。

◇◇◇

午後からはウォーレンたっての願いにより、ハイム国王ガーランドが足を運んだ。

ガーランドは気が進まない様子だったが、エレナとティグルに頼まれたこともあり、気だるげに向かっていた。

すでに多くを諦めているティグルと違い、ガーランドの顔にはまだ意地が見える。

何が語られるのかと待っていると、不意に現れたリリが全員の席に資料を配布した。

「どうぞ、ご覧ください」

ウォーレンに言われ、皆が資料を見た。

書かれていたのは細かく色づけされた地図で、色彩鮮やかな大陸イシュタルが描かれている。いくつかの都市には、賛成と反対の文字と数字が記入されている。

「アイン様の件について最近、貴族に調査をした結果となります」

「……エレナ、これは一体」

怪訝《けげん》なものを見たようにティグルが言う。

するとエレナは目を閉じて「一つしかないでしょう」と言い切った。

「港町マグナをご覧ください。あの地は王太子殿下の人気が特に高い地域です」

その賛成数は全体の九割を超す勢いだ。

「それに王都もです。王太子殿下と関係の深い地域では人気が特に高くなっています。今この場で我々に見せた資料ということは……」

「我らハイムを攻めるのに賛成か否か、ということか」

「そう思われます」

「くっ……お、おい！　貴様らは我がハイムを攻めるのか!?　初代国王が遺《のこ》した言葉を順守することなく、攻撃していない我らに先制攻撃を仕掛けるというのか！」

「おや、急に話が変わりましたな」

変わったもなにもないのに、ウォーレンは笑って言う。

「我らが先制攻撃を仕掛けるという事実はございません」

「嘘《うそ》をつくな！」

「嘘ではございません。我らが攻撃をしかけるとすれば、それは過去の清算を行う日に違いはありませんので」

「……清算、だと？」

「密約を破ってしまったこと、これだけでも十分な理由となりませんか？」

「ち、力で対抗したわけではなかろうッ！」

「ふむ」

ティグルを見て小首を傾《かし》げたウォーレン。

彼はふと、隣に座るエレナに視線を向けた。

「どう思われますかな？」

自分に聞くなんて、意地の悪い男だ。

思っていても口にしないが、その判断を委ねたことをエレナは恨んだ。

しかし、何も答えないわけにもいかない。

「私は武力とは無関係と判断します。しかしイシュタリカが別の判断をすることもあるでしょう」

「ご賢察です。さて、この調査は陛下の意見が反映されたものではございません。つまり私や貴族による意見のみでして、内容が確約されたものではないとご理解ください」

「くだらんな。ただの脅しではないか」

ガーランドが強気に言うが、ウォーレンは更に追い詰める。

「私が持つ命令権についてお教えいたしましょう。基本的には国王や王太子に次ぐ権限です。艦隊を動かすこともできれば、それを組織するための権限も持っています」

「……貴様、正気か？」

「初代陛下のお言葉はとても重い。いざとなれば私が毒となればいいのです」

「応《こた》えよッ！　宰相ッ！」

声を荒らげたガーランドの近くで、エレナは耳をふさぎたい衝動と戦っていた。ウォーレンは確実に武力行使をする気はない。だが現状は、純粋な力を武器にしてハイムに圧をかけている。単純でありながら、聞く耳を持たなかったハイム王家には強く響くことだろう。

「エレナ殿はこの毒という言葉の意味、お分かりですね？」

「王太子殿下ならば解毒できる。あの方の威光と名があれば、宰相殿が毒となろうと問題ないということでしょう」

「素晴らしいお言葉ですね。その通りです」

ウォーレンは依然として笑みを浮かべていた。

「ですがこれまでのことを、あくまでも穏便に清算できないこともありません」

一時の安心感がハイムに与えられた。

不意に冷静さを取り戻したのか、ガーランドとティグルは情けなくも、エレナへと目配せを送っていた。

全《すべ》て任せる、それか奴《やつ》の相手をしろ。

こう言われているのは明確で、彼女は辟易《へきえき》としながらも頷き返す。

「条件をお聞きしても？」

「まずは一つ目ですが、我々に対する接触を完全に絶っていただきます。これは我々の友好国エウロを経由することも同意義とします。ただ、あくまでも公的なものと限定し、民が交流することに関しては除外いたしましょう」

まずは十分同意できる内容だった。

「次にエウロとの不可侵条約を結んでいただきます」

「エウロからハイムに攻め入って来た際にはどうなるのでしょうか」

「ご対応は任せます。そうなっていたら、我らイシュタリカはエウロとの縁を切っていることでしょうから」

「そちらは分かりましたが、我らが後手に回ることになります」

「残念ですが、我らには関係のないご事情です」

その通りではあるが、素直に承諾できない問題だ。

これまでにない強硬姿勢の構えを見て、ティグルもガーランドも口を開かずエレナに任せっきりになっている。

「宰相殿、仮に一つ目などを破ってしまった際は――」

「ただちに武力行使とはなりません。ですが何もないのは考えものです。そうですな、その際は我が国の備蓄をエウロに卸し、バードランドへ流しましょう」

「備蓄と言うと、魔道具や兵器でしょうか？」

意図的にロックダムなどの他国に流されると十分な脅威となる。

だがウォーレンは、更に致命的なものを流すつもりだ。

「麦を含む穀物となります。我が国の農地はハイムの領土より遥《はる》かに広大なので、当然、備蓄であったり余剰分があります。これを売れるとなれば、良い商売となるでしょうね」

問題なのは、それをエウロに卸すということだ。

バードランドに流される前にエウロには更に多くの金が流入して、下手《へた》をすれば、国家予算が倍増することもあり得るだろう。

富国強兵。

国家が育つための要素が揃《そろ》っている。

そして、ハイムの輸出に大打撃を受けることは必至だ。

「我らは別にこの商売をしなければ貧窮するわけでもないので、これまで手を出していない商いでございました。しかし、状況が変わればその可能性もあるでしょう」

容赦のない言葉にエレナが言えることは少ない。

「………そうならないことを願っております」

直接手を下さずに滅ぼせると、こう宣告されたように聞こえた。

嘘のように思いたいが間違いではない。ハイムを除いた他国が強くなれば、比例してハイムの地位が下がるのは道理だ。これまでは大陸の覇者としての地位にあったが、これまでのような振る舞いは出来なくなるはず。

ただ武力行使をされるよりも、よっぽど屈辱的でたちが悪い。

「さて」

これで条件は以上――ということはない。

ウォーレンは最後にと口に出して言う。

「最後はやはり謝罪でしょうか」

その声に、ガーランドがピクっと身体を反応させた。

「たかが謝罪、されど謝罪。ないよりはいいかと思いますので、一筆書いて我らの陛下にお渡しください」

「私に謝罪をしろと言うのか」

「なにか問題でも？」

「王に対して頭を下げろとッ！　貴様はそう申しておるのだぞッ⁉」

「誰《だれ》が何を、どれほど腹に据えかねているのか。これを理解いただけるのならば、私は応じて頂くことをお勧めいたします」

もう選べる状況にないし、選べる立場にない。

それを心の底から理解させられたガーランドは、顔中真《ま》っ赤《か》に染め上げて、ふー、ふーと鼻息を荒らげ冷静さを欠いた。

でも生存本能だけは忘れていない。

数分の焦燥から我に返った彼は、震えた声で「明日だ」と口にした。

◇◇◇

同じ頃《ころ》、プリンセス・オリビア内の一室にて。

「ねぇアイン、この紙って何かしら？」

「それなら今朝《けさ》、ウォーレンさんが会談に行く前にくれたんだよね」

クローネが手に持っていたのは、ウォーレンが大会議室に持っていったのと同じものだ。

賛成派や反対派と書かれているそれを見て、クローネはなんの資料なのか興味を抱き、アインの傍で返事を待った。

「……ちょっと恥ずかしいんだけど。俺の即位の時期を早めるのに是か非か？　っていうのを聞いて回ってたみたい」

「道理で王都とマグナの賛成が多かったのね」

「お爺様《じい》もお爺様で、退位して休める時間ができるのを悪くないとか思ってるらしい」

「ふぅん……でもすごい人気なのね」

そう言うと、クローネは上機嫌にアインに身体《からだ》をよせた。これまで二人はソファに座っていたのだが、二人の身体は密着していると言っていいほど近い。

彼女の香りや温かさもそうだが、人気の高さを褒められるところこそばゆかった。

「ま、まぁそんな感じ！」

「もう……照れなくていいのに」

「照れてないって――――でも、どうして今なんだろう」

「どうしてって？」

「この書類を用意したのが今の理由ってこと。この会談中に持ってこなくても良かったと思うんだけど、理由があったのかな」

「どうなのかしら……ウォーレン様に聞いてみる？」

「んー、別にいいかな」

特に大した理由もなさそうだし、とアインはクローネに微笑《ほほえ》みかけた。後はとりとめのない話を楽しんで、ウォーレンが帰るのを今か今かと待ちわびていた。

◇　◇　◇

「――――すまなかった」

会談最終日、とうとうガーランドが謝罪の言葉を口にした。

屈辱的な表情を浮かべて、手紙をシルヴァードに手渡してから言ったのだ。

「……申し訳ない」

ガーランドが頭を下げた後、次にティグルが謝罪の言葉を述べた。彼の場合はガーランド以上に分かりやすく、顔を赤く上気させている。

彼にとってはクローネが居る場所で頭を下げることが、これ以上ない屈辱だろう。しかしすべてを清算するために必要なことで、当事者たるハイム王家の者には避けられない。

「謝罪を受け入れよう」

ようやっと胸を撫《な》で下《お》ろせた二人はゆっくりと席に戻る。

生まれたての小鹿は言い過ぎだが、威厳なんて感じられないほど弱々しく、たどたどしさのある歩き方だった。

席についたティグルは、諦《あきら》めきれずクローネを見た。

「すっごい見てる……」

乾いた笑みをアインが浮かべると、机の下でクローネがアインの足をとんっ、と蹴《け》る。

彼女はアインが他人事《ひとごと》のように振舞っているのが不満で、ここでは声に出せないから仕方なく足を動かしたのだろう。

あとで小言を言われるかもしれないが、可愛《かわい》いものだ。

「エウロとの不可侵条約はいずれ、エウロにて調印いたしましょう」

頃合いを見計らってエレナが言うと。

「はい。我らの日程はエウロ経由でお伝えいたします。基本的にはそのエウロでの調印が、我々の最後の交流とお考えください」

対する娘のクローネが事務的に言葉を返す。

何年も会っていなかった母娘《おやこ》が交わした言葉がコレか。イシュタリカ側の近衛《このえ》騎士らも寂しさを覚えていたし、ハイムの騎士には兜《かぶと》の中で涙を流す者すら居た。

たとえクローネが祖国を捨てた貴族であろうともだ。

「以降はウォーレンが伝えた通り交流を絶ちます」

「クローネ……君はもう本当に、ハイムに来ることはないのか？」

せめて時間と場所を弁《わきま》えてほしいものだが、今を逃しては聞ける機会がないのも事実だ。

「……それは、この場には関係のない話かと思いますが」

彼女としても一途《いちず》に想《おも》いつづけられる人は美しいとは思う。けど今に至るまでの過程が問題だらけで、加えて彼女の気持ちはティグルに向いていない。

きっと自分自身で意思表示をしなければ、ティグルという男は納得しない。

だからこそクローネは、ついにその一言を告げる決心をした。

「私は貴方の妻になれません。想いを寄せて頂いたことは光栄ですが、私のことはもう忘れてください」

分かっていたことではあるが、ティグルは茫然《ぼうぜん》とした。

自覚したくないがこれは明確に振られたということ。

彼がそう言われたことにグリントは文句の一言でも口にしたかったが、立場と状況を鑑み唇を噛《か》むことで屈辱に耐えた。

「――――では、此度の会談は以上となりますね」

クローネはこう語ると、ハイムの重鎮たちに視線を向ける。

するとガーランドが口を開いた。

「最後に一つ、交流戦でもどうだ？」

「いえ、結構です」

「そちらの元帥殿と、我らの大将軍。二人に戦う様を披露してもら――――ん？　今なんと言ったのだ？」

「ですから、結構ですと申し上げました」

「な、何故《なぜ》だ⁉」

「必要性が感じられませんので」

この提案は予想の範疇《はんちゅう》だった。

クローネとウォーレンは提案されたときの答えを決めていて、特別な事情がない限りは拒否することにしていた。勝って何か得られるわけではないし、ロイドが怪我《けが》をしたら損失だ。

「元帥には帰国後すぐに任務がございます。どうかご理解ください」

無理を言えない理由まで付けられればもう望めない。

ガーランドは先ほどまでの怒りや恐れを忘れたらしく、つまらなそうに肩をすくめた。

◇◇◇

やがて日が暮れ、夜も更《ふ》けた。

エレナは確認し忘れていたことがあり、護衛としてグリントを連れてイシュタリカの戦艦に足を運んだ。

しかし要人は誰一人としていない。

どうしてかと近衛騎士に聞くと、島の中央で宴《うたげ》をしているという。

そのため二人は暗い森の中を進んでいた。

「付き添ってもらってしまい申し訳ありません」

「いえ、これも仕事ですから、エレナ殿はお気になさらず。ところで……エレナ殿はクローネ殿の件はもういいのですか？」

不意にグリントが尋ねてきた。

「あの子はもう自立して生きているようです。……親離れしているのです。でしたら、私も子離れするべきでしょう」

想像以上に立派に育った娘を見られた。

アインとの仲の良さも垣間見《かいまみ》えたし、心配事は何もない。自分がハイムに嘘《うそ》をついていることは気にかかるが、娘の幸せを祈るぐらいなら罰は当たらないだろう。

「そういうものですか。私にはまだ分かりませんが」

「きっとグリント殿も、シャノン殿との子が出来れば分かると思いますよ」

「ははは……。将来に期待ですね」

するとグリントは思い返したかのように表情を変えた。

「ですが納得いきませんね」

「どうなさったのですか、急に」

「クローネ殿です。エレナ殿が居る場所で言うのは申し訳ないのですが、奴《やつ》を選ぶ理由が分からなくて」

「奴とは、王太子殿下でしょうか？」

「はい。奴は顔は悪くないですし多少は頭も回るらしい。でも殿下の方が遥《はる》かに上です」

不平を聞くエレナは困ったように小首を傾《かし》げた。

ラウンドハート家の事情というものは、社交界では有名な話である。

弟のグリントの方が優れ、兄のアインは次期当主の器にない。

それが幾度も語られてきた話であり、当事者であるグリントからすれば、兄に抱く感情も一際大きいのだろう。

一言でいえばグリントは、無意識のうちにアインを下に見てしまう節があるのだ。

「海龍とかいう魔物はイシュタリカの戦艦ほど大きいらしい。だが、そんな魔物をたった一人で倒せるはずがない」

「……聞くだけでは確かに疑わしいですが」

「そうでしょう？　王太子だからといって、ただ持ち上げられているようにしか――――」

と、グリントがアインの陰口を叩《たた》こうとした刹那《せつな》のことだ。

二人が歩く道の脇《わき》に生えていた木の上から、声と共にリリが舞い降りる。

「ふむふむ、なら見ていきますか？」

どうして彼女はいつも普通に登場してくれないいんだと、エレナは思わず頭を抱えてしまう。

「なんだ貴様は！　どこからやってきたッ⁉」

グリントは驚きながらも素早く剣も抜き、備えた。

「これは木って言うんですけど、知らないです？　私、今この木の上から降りてきたんですけど」

「煽《あお》らないの……。貴女ったら、普通に登場するってことができないの？」

「エレナ殿ッ⁉　こいつと知り合いなのですか⁉」

「――――例の、城に忍び込んでいた女性ですよ」

「そ、そうか、見覚えがあると思ったら、貴様は宰相ウォーレンの手の者か！」

「あーはいはい。そういうの今はいいんで、見たいか見たくないのか。どっちなんです？」

心底面倒くさそうに言うと、リリは取り出したナイフで首の辺りを掻《か》きだした。虫か何かに刺されたのかもしれないが、かゆいところを掻くのに使うものではない。

見ているだけで不安になる行為でも、彼女の手元は器用に肌をさすっていた。

「急に出てきて見たいとか見たくないとか……何が言いたいの？」

「……はえ？　二人が話してたんじゃないですかー、アイン様の腕が信用ならないって！」

「それで、何を見せてくれるっていうのよ」

「アイン様しか居ないと思いません？」

なに言ってんだコイツ。

リリはヘラヘラと笑ってそんな目を向けるが、質問の答えになっていない。ところで精神的に疲労している状況のエレナでは、リリに優しくできる余裕がない。

「だーかーらーッ！　王太子殿下の何を見せてくれるっていうのよッ！」

「ひゃぁぁあ⁉　い……いひゃいですッ⁉」

ヘラヘラ笑う元部下の頬を左右に引っ張っていると、グリントが慌てた。

「さすがにイシュタリカの者に手を出すのはッ」

「構いません！　死角から降りてきた挙句、こうして笑って遊んでるんですから！」

「ふぇ……ふぇれなしゃま、しょろしょろはなひて」

言葉になっていない声を聞き、エレナの手がリリの頬を離れる。

「いいけど、ちゃんと説明しなさいよ」

「……ふはぁ、いい勢いでしたね……エレナ様」

リリの頬は少し抓《つね》られたことで赤くなったが、表情はとても楽しそうで、今から踊りでも披露してくれそうなほど上機嫌に見えた。

「なんで喜んでるのよ」

「だってエレナ様との触れ合いですし。んじゃ、建物前の広場に行きましょっか。なんかロイド様が急に御前試合をするとか言い出しまして、アイン様も剣をとるそうなんで」

すると彼女は返事も聞かずに歩き出す。

「ほ、本当か⁉」

「本当ですよー。というか、そろそろ剣しまってください。私ってば先端恐怖症なんですから」

「ふぅん、そうだったの？」

「いや嘘ですけど。むしろナイフとか愛してますし」

さすがのエレナも軽口ではリリに勝てない。

一つを言えば二つに三つに、あっという間におちょくられてしまい、気が付くと反応を楽しんでクスクスと笑われている。

「あ、見えてきましたねー」

リリはそう口にすると、歩く速度を緩めた。

やがて木の陰で立ち止ると、広場を見た。

見えてきた広場には、大会議室から出してきたテーブルや椅子が置かれていた。

広場は簡易的な野外のパーティ会場に変わっていて、要人たちに加え、多くの騎士の賑《にぎ》やかな声が聞こえてくる。

「陛下にアイン様、それにオリビア様とカティマ様……まぁ全員いる感じですよ」

――ぬはははは！　ディル！　もう疲れたのか！

「今の声は……まさか」

ロイドの声を聞き、グリントの身体《からだ》が前のめりになる。

「今やってるのは、ロイド様とディル君みたいです」

グリントにつづいて、エレナも興味津々な様子で広場に目を向けた。

◇　◇　◇

――耳を刺す剣戟《けんげき》の音。

空気を伝う苛烈《かれつ》な闘気が辺りを覆っていた。

「はっはっはァ！　どうしたッ！　もう終わりか!?」

ロイドが披露する剣の一つ一つが、あっという間にディルを追い込んでいく。木の裏から見ているグリントからしてみれば、自分が圧倒された相手を圧倒しているロイドのことが、人外か何かに見えてきてならない。

「ぐっ……ぅ……」

間もなくディルが膝《ひざ》をつく。面前の父はまったくの無傷で、息が少し荒れてるぐらいしか疲れが見えない。

勝負の終わりからすぐ、カティマの言葉がディルに届けられる。

「こらディル！　なーに負けてるのニャ！　もっとこう……こうだニャ！」

「カティマさん？　肉球こねくり回したって、何をどうしたいのか分からないけど」

「うるさいのニャ！　ディル！　もう一度行くのニャ！」

「……あんまり無理させないでね」

訳の分からない助言を口にすると、最後は根性論か。

カティマの隣に腰かけたアインは自分の伯母に呆《あき》れた様子を見せる。

だが、カティマの声を聞き、ディルがもう一度体を起こした。開始の合図はなく、ディルが勢いよく踏み込んでみせる。

「はあぁぁっ！」

「よくぞ立ってみせたッ！　それでこそ我が子だッ！」

称《たた》えておきながら少しの手心もない。

目にもとまらぬ神速で振り下ろされた大剣が、ディルのことを勢いよく弾《はじ》き飛ばす。

「っ……さすが父上だ……」

今の攻防に騎士が沸く。

ディルはあっさりと弾き飛ばされたが、その瞬間の防御と受け身、そしてまだ余裕のある姿は近《この》衛《え》騎士から見ても憧《あこが》れの対象だ。

夜空の下での御前試合は、こうして次の段階に移る。

「こうなったら最終兵器だニャ！」

唐突に椅子を立ったカティマがアインの服を掴《つか》む。

「なんで俺の袖《そで》引っ張ってんのさ」

「あ、あのあの！　アイン様！　私でよければロイド様のお相手をしてきますよ！」

「いや相手をするのが嫌なんじゃなくて、この袖を引っ張ってる駄ね――――カティマさんに不満なだけだよ。クリスとロイドさんの勝負も見たい気はするけど」

「駄目だニャ！　アインはこの会談で仕事らしい仕事してニャいんだから、体力有り余ってるニャろ!?」

「喧嘩《けんか》売ってんの？」

二人の会話を聞きクローネやオリビア、そしてクリスとも含み笑いを漏らした。

「部下の無念を晴らすのは上官の務め！　となればアインだニャ！」

「間違ってないけど、それを言うならクリスが先になっちゃうよ」

「ニャアアアアア!?　この甥《おい》っ子《こ》はほんっとうに細かいのニャ！　ほら、さっさと行く！」

ガシッ！　ガシッ！　とカティマの足が唸《うな》りを上げる。

蹴《け》られたアインはと言えば痛みはない。痛みはないが、苛立《いらだ》ちはすごい。

根っこでも出してカティマを木の上に吊《つ》るしたいぐらいだったが、その欲求に耐えて、訓練用の剣を取りに行き、ロイドを見た。

「次は俺みたい」

「む……？　はっはっは！　待ってましたぞ、アイン様！」

近くで見ていた近衛騎士たちがアインの登場にさらに沸く。

ある者は腕を上げてアインを呼び、ある者は勝ってくださいと応援した。

「殿下ーッ！」

「ロイド様も体力を消耗しています！」

「お、おいお前たち！　どうして私の応援が居ないのだ!?」

「ロイドさーん、はじめるよー」

「くっ……何なのだこの敗北感は！　だが、剣では負けませんぞ！」

◇　◇　◇

アインが剣を取り、ロイドの下へと向かって行った。

それを見ると、グリントが一層目を凝らす。

「ふん！　どうせすぐに――――」

すぐに終わる。

グリントは先ほどのロイドの戦いっぷりを思い返し、兄のアインがあんな化け物と剣を交わせるはずがないと確信していた。

本当は認めたくないが、ロイドの力はローガス以上かもしれないとも思っていたからだ。

「……………」

対照的にエレナは物静かに見守っていた。

ふと、彼女の耳に「アイン、頑張ってー！」と、娘が応援する声が届く。

声がした方向に目を向けると、目を輝かせて口元を綻《ほころ》ばせ、周りに多くの人が居るのに大声を出すことをいとわない娘の姿があった。

エレナは、こんなにも楽しそうにしている娘を見たことがない。

彼のことを本当に愛しているのだなと実感した頃《ころ》、突如リリが手を握ってきた。

「お手ては繋《つな》いでてあげますね」

「……はぁ？」

「不本意でしょうけど我慢してください。あ、ほら、来ますよ」

子供じゃないんだから、エレナが不満を口にしようとした刹那。

空気が割れたかのような衝撃を全身に浴びせられ、無意識に身が竦《すく》んだ。

「今のは……ッ」

木々も揺れている。

だが、強風が吹いたわけでなければ、地震が訪れたわけでもない。

だというのに今の衝撃は一体何だ。

隣を見ればグリントも驚いていたが、エレナと違って、アインから目を離していなかった。

「はーいはい。だいじょーぶですよー」

恥ずかしながら、エレナは一瞬恐怖していたようだ。

リリが手を握っていたおかげで、安心出来ていたとは口にはしない。

「多分、すぐ慣れると思いますので、気にしないで見ててください」

「すぐ慣れるって何を……きゃっ⁉」

さっきのような衝撃が、また襲い掛かってきた。

「リ、リリ！　何が起こってるのよ……！」

「アイン様が剣を振ってるだけですよ。だから言ったじゃないですか、あの人は英雄だって」

ほら、そろそろ落ち着いて拝見してください。

穏やかな口調で促されたエレナが様子を窺《うかが》うと、広場では、さっきまでと別人の強さを発揮するロイドの姿と、そのロイドに勝る剣戟を披露するアインの姿があった。

「……あれは本当に、アイツなのか？」

「呼び方が無礼だって言いたいとこですけど、アイン様で間違いないですよ」

こうしている内にも、アインとロイドのぶつかる音が、衝撃波のように伝わってくる。

皮膚を切り裂くような、ヒリヒリとしてくる強い刺激だ。

たかが剣戟でここまで衝撃が届くことに、グリントは言葉を失った。

「あの二人は本当に人外ですよ。片や英雄……片や元帥。ディル君も一角の実力者ですけど、あの二人には劣りますかねー」

「……ローガス殿は王太子殿下に剣の才能がないって言ってたけど」

目の前の光景を見れば嘘《うそ》にしか思えなかった。

「んー、それ言ったら、ロイド様も剣の才能ないですしね。あの人の生まれ持ったスキル、裁縫ですし」

そんな人物が一国の騎士の頂点に立つなんて、想像したことがない。ハイムの常識からは大きく外れた事実に、グリントは「嘘だ……」と弱々しく言葉を漏らす。

そして、ハッとした。

彼はさっき、ロイドの強さをローガス以上かもしれないと見積もった。

ということはアインもまた、さらなる強者《つわもの》であることになってしまう。

「これじゃ本当に父上よりも――」

「たとえローガス殿でも勝てない、ですか？」

「き、貴様！」

「怒らないでくださいよー。自分で言いかけたんでしょー？」

「うるさい、いいから黙っていろ」

父はあの二人のように戦えるだろうか。そして、あの剣を受け止められるだろうか。

グリントにとって、今まで見た中で最高の戦いというのは、ローガス対エドの戦いだ。けどその認識はすでに崩れ去り、このアインとロイドの戦いが頂点にきてしまう。頭を振って忘れようとしても、肌を刺す衝撃は収まることを知らず襲い掛かってきた。

「ッ――――くそッ」

砕けてしまいそうなほど歯を食いしばり、横に生えていた木を強く殴りつける。

するとグリントは何も言わず、船の方に走り去っていく。

「ありゃ、逃げてっちゃいましたか」

「全くもう……リリも悪いのよ」

「あ、その言い方、クローネ様に似てますね！」

「このやり取り何度もしてるでしょ。母娘なの、分かる？」

軽口を言い合える余裕が出てきたことで、リリはようやく手を離した。

離れた手に海風が吹いてきて、人肌が消えたばかりのエレナの手元を少しだけ冷やした。国交断絶もあり、これが今生の別れの冷たさと思えたエレナへと、リリはまだ茶目っ気を失わずに笑って告げる。

「……ってことらしいんですが、クローネ様はどう思われますか？」

「今の私はウォーレン様の影響も多々あると思いますけど、お母様から受けた影響の方が多いと思います」

「……え？」

締まらない笑みを浮かべていたリリが、突如クローネの名を口にした。

何を言ってるんだと不思議に思ったエレナだったが、背後から聞こえた声に驚く。

「クローネさん、私とリリ殿は近くで控えてますので」

「ありがとうございました、クリスさん」

一人で来たのかと思ったが、クリスが連れてきたらしい。

するとクリスは、リリを伴って離れていく。

「……本当に、お久しぶりです」

二人だけになったところで、クローネがエレナにぎゅっと抱き着いた。

会談中の再会は、お互いに話したいことも話せない、そんなひと時だった。だが今はクローネとエレナの二人だけで、周りの目を気にする必要がなかった。

「クローネ、貴女、どうしてここに？」

「リリ殿が合図を送っていたんです。それをウォーレン様が確認したので……クリスさんに連れてきてもらいました」

いつの間にそんなことをしていたのだろう。

ただまぁ、今は細かいことを気にしていたくない。クローネの顔を見られるのも、これが最後の機会かもしれないのだ。

娘のことを抱きしめてから、成長した顔を見て言葉にする。

「昔よりもずっと魅力的な女の子になったのね」

「あら、昔は魅力的じゃなかったのですか？」

「婚約に関する書類を開こうともせずに、ゴミ箱に捨てるお転婆だったもの」

「まぁ、ひどい。それを言うなら、アインの資料を持ってこなかったお母様たちが悪いのよ？」

「……あの時に持っていっても、どうせ捨てていたでしょ」

「そんなことはないわ。きっとアインのならきちんと確認してたはずだもの」

昔から変わらずに、自信満々で芯《しん》の通った女の子だ。

だが、昔よりも輝いて見えるのは、やはりハイムはこの子には狭かったからで、イシュタリカで磨かれたからなのかもしれない。

「根拠もないのに、そんな自信があるの？」

「ええ、あるの。だからお母様たちが悪いのよ」

「……はいはい。あの人《ハーレイ》にも言っておくわね」

その答えに満足したのか、クローネは笑顔のままエレナの胸元を離れる。

隣に立つと、視線を戦いの最中のアインに向けた。

「マグナでアインに宿を紹介してもらったんですって？」

「……あの時は王太子殿下なんて思いもしなかったのだけどね。それで、そのことを誰《だれ》から聞いたの？」

「ウォーレン様よ。あ、でもアインは知らないんです。内緒にしてるから」

「王太子殿下がお一人で歩いてるなんて思わなかったわ。でも自由に出来る理由が分かったの。

……あんなに強い方だったのね」

「ふふっ、だって英雄様だもの」

「英雄様がご一緒なら、そりゃ夜のお散歩も出来るわけよね」

クローネはその言葉を聞き、不機嫌そうに顔を歪《ゆが》めた。

「あの日はようやくアインと口付けが出来そうだったのに、偶然やってきた第三王子たちに邪魔されたの」

クローネはアインの三つ年上のため、次の誕生日で十六歳となるはずだ。

貴族の女性であれば、クローネの年齢ならば婚姻していてもおかしくないし、人によっては、子供がいるのも当たり前の年齢でもある。

だが、相手がアインのような王太子では事情が変わる。

「……クローネ？　貴女が王太子殿下を好きだというのは分かるけど」

そんな簡単に口付けどうのと言うべきではないと指摘しようとしたのだが。

「いえ、私はアインを好きなわけではありませんよ」

訳の分からぬ答えを聞いて、エレナは首を傾《かし》げた。

少しばかり驚かされたが、次の言葉を聞き、それが惚気《のろけ》だったことに安堵《あんど》する。

「好きなんじゃなくて愛してるんです。せめて、大好きとかにしてもらえないと困ります」

「はいはい……貴女が王太子殿下を愛してるのは分かったけど」

恋は女を変えるというが、クローネも例に漏れないらしい。

努力をつづけて今の地位にいるのは分かってるが、娘のこんな姿を見れば、母としては若干戸惑ってしまう。

「王太子殿下は貴女のことをどう思ってるの？」

「そんなの分かりません。私はアインではありませんもの。……でも、この前はアインから口付けしてくれそうだったんです」

アインという男の人柄を思えば、クローネをよく思ってくれているのは分かる。

母としては明確な答えを聞けなかったことは残念だが、思えばリリも二人のことは順調だと言及していた記憶がある。

だから母として娘の想《おも》いが成就されるのを願い、

「次は邪魔が入らないと良いわね」

と、娘の恋路を応援した。


――クローネとエレナの二人が会話を楽しんでいた頃《ころ》。

アインとロイドの一戦も、ようやく一区切りがついた様子で、アインが一汗掻《か》いて席に戻っていた。近衛《このえ》騎士たちの応援を受け、久しぶりのロイドとの一戦を楽しんだアインは、充実した表情を見せている。

「ウォーレンさん、クローネはあっちに行った？」

「おや、あっちとは？」

「分かってるでしょ。ロイドさんと戦って精神も研ぎ澄まされるから、余計に分かるんだ」

するとアインは振り返らず、林の方を目線で示した。

「クリスが居ないし、多分護衛で連れて行ったんでしょ」

「……リリは隠れていたはずですのに、よくお気づきになりましたね」

アインはウォーレンの答えに満足すると、笑みを浮かべて水を口に含む。

「はー、美味《おい》しい。ったく……ロイドさんは本当に体力お化けだ」

立ち合いの結果は、長く続いたため一旦《いったん》引き分けとした。

少し休憩してから二度目の戦いをする予定だ。

「挙句にすっごい堅いし」

もし、マルコとやった殺し合いのような戦いならば、話は別だろう。

なにせアインにも、他の技を繰り出す余裕と手段があるからだ。

だがこうした、訓練の延長戦のような舞台では、万全を期しているロイド相手が簡単に終われるはずもない。

近衛騎士の剣技は堅牢《けんろう》さが売りで、その頂点のロイドはより一層の堅牢さを誇っていたのだ。

「アイン、カッコ良かったですよ。次も頑張ってくださいね」

オリビアの応援を受け、アインはもう一度活力を満たす。

「ありがとうございます。次は勝ってきますから！」

意気揚々と言ったところで。

「俺はもう十分気が済んだんですが、お母様はもういいんですか？」

「ハイムのことですか？」

「ええ、そうです」

「私はそうね……一応当事者だからってここまで来たけど、別にもう何とも思ってませんよ。許すも許さないって話ではなくて、もう何の興味もないの」

するとウォーレンが居住まいを正して言う。

「私としましては、お二人がご所望でしたらいつでも動くことが可能です」

オリビアは笑みを浮かべると、何も気にしてない様子で言葉を口にする。

「私がラウンドハートの首を持ってきてって言ったら、貴方はそれをしてくれるのかしら？」

「今すぐにでもお持ちいたしましょう」

「……冗談よ。イシュタリカが汚れるわ。だからもう、本当に終わりでいいの」

本当の本当にハイムとの縁はこれで切れた。

これからは余計な手出しもされず、過去の縁を思い出すことも少なくなるだろう。

「ほら、ディル！　肉食うのニャ！　それで元気出してリベンジだニャ！」

「ちょ……カ、カティマ様？　詰め込み過ぎで……うぇっぷ」

真面目《まじめ》な話をしていたのに、駄猫のせいでその空気が台無しだ。

「あらあら、お姉さまったら……。アイン、お願いしてもいいですか？」

「分かっています。とりあえずロイドさんとの再戦の前に、あの駄猫を止めてくるので」

夜もさらに更《ふ》けて宴《うたげ》はつづく。

御前試合は近衛騎士まで交じりだして、島での最後の時間を彩った。

燃える町に降る雪

普通ならば会談をした者同士、最後は挨拶《あいさつ》を交わすものかもしれないが、この両国にはそれがなかった。イシュタリカとハイムは約束事によって、この島を離れることで国交が断絶されることとなる。

それを思えば、最後の挨拶なんて必要ないのかもしれないが……。

「では、ご連絡をお待ちしております」

「畏《かしこ》まりました」

挨拶とはまた違う話になるが、エレナがウォーレンと最後の確認を行っている。

他のハイムの者たちはすでに船に乗り込んでいるため、エレナには、数人の護衛が距離を空けて立っているのみだった。

ウォーレンの背後には、同じく距離を空けてロイドが立っている。

「第一王子殿は一度も姿を見せませんでしたが……来ていたのですか？」

「レイフォン殿下については、船の中での雑務を引き受けてくださいましたので」

それを聞き、ウォーレンは察する。

どうせ女でも連れてきて、船の中でずっと盛っていたのだろう。ならば別に来る必要はなかったのではないか、そう考えさせられた。

「では、これで本当に最後ですね」

「そうなりますな。ですのでイシュタリカに来る際には、バードランド経由でエウロに渡り、我々の船に言伝《ことづて》をくださいませ」

「……はい？」

「本来、エレナ殿のような高官とは交流を持つ気はありません。ですが、殿下と良くしてくれている方のご家族です。今生の別れをさせる気はありません」

呆気《あっけ》にとられた顔のエレナに対して、ウォーレンは当然のように語った。

「昨晩、クローネと今生の別れのつもりで話をしてきたんですが」

「おや？　クローネ殿も、このことを知っていたはずですが」

「――――実の娘に担がれたようです。こう伝えてくださいませんか？　今度会った時は、まず説教からはじめると」

「お任せください。では、今度は我らが国でお会いしましょう」

こうしてエレナは振り返り、ハイムの船に向かって行く。

ウォーレンはしばらくの間その姿を見送ると、軽く息を吐いて、踵《きびす》を返しイシュタリカの船に向かって歩き出した。

近くで待っていたロイドが隣に並んだ。

「エウロへはウォーレン殿が参られるのですかな」

「いえ、文官を派遣しようかと。まぁここまで来れば楽なもんです」

「承知した。ところで、なにやら第一王子がどうのと会話が聞こえましたが」

「ああ、それは大したことではないのですが……第一王子がデブ症らしいのです」

「……言い方も立派な話術ですな」

笑いあう二人は桟橋に向かい、ホワイトキングに乗り込んだのだった。

◇◇◇

帰りのアインはホワイトキングに乗っていた。

今はシルヴァードの部屋から窓の外を眺めながら、今後の展望を語り合っていた。

「ハイムの件は終焉《しゅうえん》を迎えた。残りの面倒ごとと言えば――――」

「俺の魔王化ですか？」

「それもだが、赤狐《あかぎつね》とかいう存在もだ」

「……何がしたいんですかね、あいつらは」

「さてな。だがマルコが言っていたではないか、奴《やつ》らはイシュタリカ王家を憎み、アインという存在が戻ってくるのを待っていたと。つまりどうあっても、奴らとの縁は切れておらん」

「俺を待っていた、って言葉がよく分かりませんけどね」

「であるな。それではまるで、赤狐はアインを前から知っていたということになる。分からんことだらけであるが……無視はできん」

理解できるのは、赤狐がイシュタリカ王家に恨みがあること。

そして、恨みを晴らすためにはアインが必要不可欠ということぐらいか。

「問題は奴らの足取りが掴《つか》めんことか」

「……ですね」

「目下の手掛かりと言えば、以前の報告にあった、アインが入ったという初代陛下の地下室ぐらいなものよ。中についてては余の他に誰《だれ》にも教えておらんが……」

「地下室の本をすべて王都に運ぶべき、ですか?」

シルヴァードは声に出さず頷《うなず》いた。

「アインが地下室を開けられた理由は知らんが、もう一度開ければよい」

「開けられるか分かりませんよ?」

「なに、駄目なら駄目でよいのだ」

試さない方が問題であると。

アインはシルヴァードの考えに賛成だった。初代国王の私物もある地下室だが、現代の王家に関わる問題となれば、ここで遠慮は出来ない。

「取り出した本はカティマの研究室に運べばよい」

「あー……あそこも秘密だらけですもんね。カティマさんの居場所が減りそうですけど」

「構わんだろう」

「文句、言われますよ?」

「あの地下室は余の私財で設けた場所よ。少しぐらい我慢させればよい」

そんな事情は初耳だが、ならカティマも応じるはずだ。

まず知識欲の塊の彼女が断るとも思えないが。

――――不意に海が大きく揺れた。

「む……今のは⁉」

尋常ではない揺れだ。

大きな波が押し寄せたどころではなく、それこそ海龍のときの波のよう。

アインはシルヴァードの身体《からだ》を支えてから、窓の外の様子を見た。

すると。

「――――お爺《じい》様、何かあったようです」

周囲を取り囲む戦艦が攻撃態勢に入っていた。

砲撃を放つ戦艦や、あるいは魔道具を海に放り投げている騎士の姿もある。

確かこの辺りはマグナ近海だ。

何か、不穏な気がしてならないアイン。

ガンガンガンッ！　普通ではない強さで扉がノックされた。

「俺が行きます」

と、アインがシルヴァードから離れて扉を開けると、やってきたのはロイドだった。

「無作法はご容赦をッ！」

「ロイドさん、外の様子は一体……」

「異常な数の魔物が現れましたッ！　双子も戦闘状態に入ったのですが、外にいる魔物は双子を見ても逃げることがないどころか、まるで死兵のごとき勢いで襲い掛かってきておりますッ！」

本当に双子が護衛としての仕事をするはめになるとは、という心境だ。

だがこの急な騒ぎ。

これまでも似た経験をしたアインからすれば、既視感を覚えるなというのは無理な話だ。彼が窓の外を見て様子を窺《うかが》っていると――――。

「ッ……あっちの方だ」

徐々に近づきつつあったマグナの様子に驚いた。

青と白、涼やかな印象を受ける港町の姿が一変して、町全体が真《ま》っ赤《か》な炎に包まれていた。

凄惨《せいさん》な光景からは、悲痛な叫び声の幻聴が耳を刺激する。

「お爺様ッ！　このまま艦隊をマグナに――――いえ！　お母様たち全員にホワイトキングへ移っていただいて……俺は――――」

「待て！　それで何をしようというのだッ！」

「……俺は戦艦に乗り移ってマグナに向かいます」

危険だから駄目だ、という言葉は出てこなかった。

シルヴァードは俯《うつむ》いて考える。

「少し待て」

「お爺様ッ！」

「いいから少し待たぬかァッ！」

強い言葉にアインは黙ると、考えているシルヴァードをじっと見た。

口を閉じたシルヴァードは現状の最適解を探していた。オリビアたちをホワイトキングに移すのは賛成だ。彼女たちはか弱いし、この船で守るべきだから。しかし、アインが戦艦に乗り移ってマグナに向かうことが引っ掛かっている。

「ロイドよ、損傷状態は」

「はっ。すべての船に異常ありません」

「では――――」

シルヴァードはここで決心する。

「アイン、戦艦を使うことは許可できんが」

「――――お爺様！」

「最後まで聞かんかッ！　戦艦は許さんが、プリンセス・オリビアを使うのだ！　あの船ならば海龍ほどの魔物でなくば耐えられるし、双子もいるなら万が一もない！」

「陛下⁉　よろしいのですか⁉」

「ついでにロイド、お主もアインと共に行け。余の方も抜かりはないし、オリビアの護衛にクリスが付けば問題ない」

そう言って、シルヴァードは勢いよく席を立った。

「双子もアインの言葉を一番に聞く。マグナを救うにはそうするべきであろう。だが勘違いしてはならんぞ。これは無理をしてよいという免罪符ではない」

決めたことを他の戦艦にも伝えなければならない。

部屋を飛び出したシルヴァードを、アインとロイドの二人が追った。

◇◇◇

少し皮肉のようだった。

辺りに蔓延《はびこ》る海中の魔物の群れは過去の海龍騒動の時のように戦艦を襲い、海龍ほどでなくとも戦艦を苦戦させるだけの戦力があった。

しかし、その魔物たちを屠《ほふ》っていくのは海龍の双子だ。

これを皮肉と言わずして何と言うのかと。

プリンセス・オリビアの甲板に立つアインは苦笑し、そして胸を痛めていた。

「俺のせいだ」

後悔してる様子のアインにロイドが尋ねる。

「分かりませんな。どうしてあれがアイン様のせいだと？」

「俺がハイムと決着をつけようって言ったからだ。そこにお爺様も来てくれることになって、多くの艦隊も、それこそロイドさんやクリスだって来てくれた。だからイシュタリカの警備が甘くなって……」

「恐れながら、それは違います」

きっぱりと言い切ったロイド。

警備体制に抜かりはなかったのだと強く言う。

「王都もそうですが、大都市も同じく、いつでも我らの戦艦に連絡できるように連携しておりました。加えて配備していた戦力に不足はございません」

「だとしても攻撃を受けているんだ」

「ええ。ですが我らが会談に行かずとも結果は変わらなかったでしょう」

「どうして、そう言い切れるの」

「……各都市には魔物への対処のための防衛設備がございます。それは魔道具や魔導兵器も用いられたもので、不測の事態には警備をする者の判断で作動させることが可能です――――が、今回はそれらが用いられた様子がありません。あちらをご覧ください」

ロイドに言われるままマグナの町はずれを見る。すると町の外は少しも荒れた様子がなく、町の中だけが悲惨な状況だ。

この光景から考えると。

「急に町中で魔物が現れた……ってこと?」

「恐らくは」

ならどんな警備状況であろうと意味をなさない。

また、普段からロイドが駐留しているわけでもないのだ。

「陛下は我らが国に居ないことを強く懸念されておいでででした。ですのではっきりと申し上げますと、イシュタリカの警備状況は平時より更に一段階高かったのです」

だから気に病むな、とはロイドも言わない。

隣で胸を痛めているアインのことを、少しでも胸の痛みがとれればと見守っていた。

徐々に近づくマグナの町。

海の魔物はプリンセス・オリビアや戦艦の力もあるが、何よりも海龍の双子の力により掃討されつつある。

不意に海中から魔物が飛び上がり、甲板に襲い掛かるも。

「ガァァァァア――――ウッ！」

瞬きの合間に双子に狩られ、亡骸《なきがら》を海に浮かべた。

「分かった。今は後悔してる場合じゃない」

「その意気ですぞ」

アインは頬をパンッ！　と勢いよく叩《たた》く。

すると黒剣を抜き、町を包む業火を視界に収める。

ドクン、胸が勢いよく鼓動した。

鼓動を更に高め、甲板の上を進み船首に立つ。

「少しでも炎を消す必要がある」

問題は魔力が足りるかどうかだ。

ただ心配したのはほんの一瞬のことで、すぐに黒剣を振り上げる。上空を漂う雲が逃げるように遠ざかり、アインを中心に肌を刺す冷気が辺りを覆う。

どこからともなく、何かが凍り付く音がした。

何が起きているのかと、眉《まゆ》をひそめたロイドが空を見上げて間もなく。

「――凍れ」

冷気による寒気ではない。アインの声から伝わる圧倒的な強者の気配に、ロイドは思わず気圧《けお》された。同時に、アインが持つ黒剣から漏れ出す魔力の奔流に目を見開いたのだ。

黒剣が纏《まと》う魔力はオーロラのように煌《きら》めき、極寒のバルトを凌駕《りょうが》する冷気を孕《はら》んだ魔力の波だ。

やがて振り下ろされた黒剣。

「なっ……そんな馬鹿な……ッ⁉」

ロイドは目の前の光景に、自身の正気を疑った。

町に放たれながらも空に舞い上がる波。

波は先端から形を変え、すぐに海龍を思わせる巨大な頭が二つ現れた。次第に身体《からだ》を、そして尾を模していく。

カカカッ――キ、キッ――ッ。

空気を伝って届く凍り付く音。

魔力ごと凍らせる力なんてロイドは聞いたことがない。

「なんと巨大な……」

やはりなんと言っても規模だろうか。

成体の海龍ほどではないが、それでも小型の戦艦よりよっぽど大きい。それが二体も空中を泳いで町に向かう様子は筆舌に尽くしがたいが、荘厳且つ畏怖《いふ》を抱かせる光景だ。

「ッ……はっ……はっ……はぁ……!」

突如、アインが黒剣を杖《つえ》に膝《ひざ》をついた。

「アイン様ッ⁉」

「大丈夫、少し魔力を使いすぎただけだと思うから」

胸が感じたことのない痛みに襲われ、視界が揺れて落ち着かない。しかし、氷龍による影響を確認しなければならない。

力を込め、何とか立ち上がって町に目を向けた。

マグナの中央、その上空で身体を弓なりに反らした龍の姿。

二頭は体躯《たいく》を絡めあい、天を穿《うが》つ勢いで舞い上がる。複雑に絡み合う体躯が一つに重なり、やがて青白く瞬く光球へと姿を変える。

変化は留《とど》まらず光球は膨張し、目も眩《くら》む強烈な閃光《せんこう》を放ち――――。


パリン、と。

氷が砕け散るのと同じ呆気《あっけ》ない音を上げ、破裂した。

冷気が町中を覆い、強烈な風に乗って雪が海上にも届く。雪が降った程度では消えない業火が、町全体で少しずつ収まっていくのが分かった。

「アイン様……貴方《あなた》様のお力は一体」

「――――ロイドさん、町に着いたら魔物もいる。そろそろ支度しよう」

決して何も答えなかったアインがそう言うと、ロイドは「なりません！」ときつく言う。さっきまで黒剣を杖にしていた相手に対し、戦場に向かうことを良しとしなかったのだ。

「もう大丈夫だってば。ほらこの通り」

とんっ、とんっ、と軽快に動いてみせたアインは確かに大丈夫そうだ。

彼はもう何を言おうと聞く耳は持たない……とまではいかずとも、決して折れることがないだろう意志の強さを瞳《ひとみ》に浮かべている。

「ご無理は禁物ですぞ」

「ん、約束する」

◇◇◇

近づくマグナの被害は炎だけではなかった。

町中に小型の魔物がはびこっていて、その様子はいずれも、イストで見たセージ子爵のワイバーンに酷似している。

不自然に隆起した体躯と、血走った瞳と自我を感じさせない本能的な動きだった。

「ッ――――プリンセス・オリビアだ！」

海沿いに避難していた民がその姿に気が付き、喜びの声を上げた。

近くには王太子アインが飼う海流の双子が居て、海中の魔物があっという間に処理されていく光景が痛快だった。

しかし、町中の脅威は消えていない。

避難した住民たちがいる海沿いに、町の中から魔物が押し寄せてくる。

必死に駆けて、その魔物たちから逃げてくる母娘《おやこ》の姿がある。しかし女の子は緊張から足を滑らせて、母の手を離れ地面に倒れこんでしまった。

「お母さ……ん……ッ！」

幼いながら、もう助からないと悟ったか。

涙をこぼしながら母を強くは呼び止めようとせず、目を閉じた瞬間のことだ。

「大丈夫」

と、耳元で優しい声がした。

魔物の声や人々の悲痛な叫びだけが響くこの町の中で、そんな穏やかな声を聞けたことが不思議でたまらない。

だが女の子はまだ目を開けられず、終わりを待った。

しかし一向に、その終わりが訪れることはない。

「え……？」

弱々しい声のあと、ついに目を開ける。

恐る恐る来た道を振り返ってみると、おびただしい数の魔物が息絶えていた。

いずれも例外なく両断され、息のある魔物は一体も居ない。

「怪我《けが》はない？」

「ありません……けど……」

誰《だれ》ですか？　と心に思った。

目の前にいる男は王族の服装をしているが、手元は漆黒の甲冑《かっちゅう》に覆われていて、イシュタリカの王族らしさがない。

しかし彼が振り返ると、マグナ育ちの彼女はすぐに理解した。

「それなら良かった。もう大丈夫だよ」

誰もが知る英雄が自分に手を差し伸べた。

女の子はさっきと違い、安堵《あんど》から大粒の涙を流す。立ち上がった自分の背に英雄が手をまわし、温かく優しい人肌に心の歪《いびつ》を宥《なだ》めた。

人々が徐々にその姿に気が付き、歓喜した。

「アイン様ッ！　危ないッ！」

大きな声で叫びながらロイドが現れ、大剣を振った。

切り伏せられたのはアインの死角から現れた魔物だ。

「油断は禁物ですぞ」

「お気を付けください！」

「ああ、ロイドさんとディルが居たから大丈夫だと思ってたし、それに――――」

つづけてロイドの頭上、屋根の上から魔物が現れる。

一瞬だけ反応が遅れたロイドだったが、魔物は降りて来るや否や、二度と動くことはなく身体《からだ》が両断されていた。

よく見ると、ロイドが倒した魔物の身体にも知らない傷跡がある。

「油断大敵だったっけ」

「く……はは っ……はぁーっはっはっは！　大変失礼いたした！　自身の未熟さを棚に上げていた

だった。

正しくは今までだって何度も抜いていたが、抜き身を民も分かるように晒《さら》すのはこれがはじめてだった。

アインはここで剣を抜く。

「そんなことないって――――さてと」

ようだ！」


それから剣を天高く掲げ。

「消えてしまえ」

つぶやきの後、剣を地面に突き刺した。

海流のスキルを魔王化したアインが使うとどうなるのか。

答えは単純で、今まで以上の規模を持つということになる。近くの海面が一斉に隆起して水の壁が生まれた。

水の壁はすぐに雨粒のように細かくなり、海沿い付近の家々を瞬く間に消火する。

「こ、これは……いやはや、何ともお見事な」

「褒めてもらえてうれしいんだけど、まだ終わってないんだ」

町中に魔物が大勢いる。

すぐに倒さないと犠牲者が増える一方だ。

走り出そうとしたいアインへと、マグナの民が声をかける。

「王太子殿下！」

普段は無礼と告げるロイドとディルは、今だけはと見逃した。

「貴方は確か……屋台の。どうかした？」

「は、はい！　実は初代陛下の別邸が――――ッ」

その声を聞いてアインは岬の方を見た。

初代国王ジェイルの別邸も例にもれず炎に包まれているではないか。

「ロイドさん、町に来た騎士に指示を。俺たちはこのまま別邸に向かう。残りの皆で町の魔物を討伐するようにって」

できれば自分も魔物を討伐したい。けど、駄目なのだ。別邸の地下には大切な資料が山ほどあるし、あちらの消火も急がないと手遅れになってしまう。

ロイドはアインの言葉に頷《うなず》いて、大きな声で指示をだしていく。

その一方で、アインは屋台の店主の店を見た。

今日も商売をしていたのか、店先には焼きすぎた串焼《くしや》きが並んでいる。アインはそれを手に取って口に運んだ。

焦げ臭さと、先ほどの塩水が掛かっていてお世辞にも美味《おい》しくない。

「この前の串焼きがまた食べられるように、急いで復旧作業もするから」

感極まって涙を流した店主に別れを告げて、アインは二人を連れて走り出す。向かう先は別邸がある岬だ。

お忍びの時のように海沿いを進むのは避けて町中を駆ける。

騎士が避難を促す声。民の悲鳴。家屋が倒壊する音。そして鼻を刺す焦げ臭さが不快感を募らせるばかりで、アインは自然と頬を歪《ゆが》めてしまう。

（また氷龍の力を使うべきだろうけど）

でも駄目だ。

次は本当に倒れてしまうかもしれないから。

ふと。

「誰か増援を……駄目だッ！　数が多すぎて……ッ！」

声がした方向を見ると騎士が居た。腕には小さな男の子を抱いていて、守りながら戦っていたのが一目で分かる。

そんな騎士に襲い掛かる何頭もの魔物たち。

ロイドが援護に向かおうと足を向けるも、距離がありすぎる。最悪の結末を想像してしまったアインが黒剣を抜いたのは自然なことだった。

一連の動作は無意識だ。

黒剣を抜こうと動いた手にはデュラハンの手甲が召喚されていた。黒剣によく似合う、最強の剣士デュラハンの力を纏《まと》ったのだ。

「間に合え――――ッ」

剣を振り上げ、今回は冷気を纏わず漆黒の魔力を纏う。

勢いよく振り下ろすと、漆黒の魔力が魔物を襲う一陣の風となった。先ほどまでの活力を一瞬で失った魔物は横たわり、騎士の顔に安堵が浮かぶ。

「で、殿下ッ!?　どうしてここに……いえ！　私の命を救って頂き、なんとお礼を申し上げればよいものでしょう……ッ！」

「気にしないでいい！　町の様子は⁉」

「はっ！　多くの者たちは避難が完了しておりますッ！」

あとは逃げ遅れた民を保護するくらいか。

息を吐いて胸を撫《な》で下《お》ろしたアインは迷った。別邸に向かうのではなくて、今、助けを求めているマグナの民を救うべきだろうと。

「町は我ら騎士にお任せくださいッ！　殿下はどうか初代陛下の別邸を！」

「アイン様、騎士には騎士の。そして我らには我らのやるべきことがございます。どうかあの騎士の想《おも》いを汲《く》み、先を急ぎましょう」

「……ロイドさん」

「魔物も数を減らしているのなら問題ありません。さぁ、急ぎ参りましょう！」

アインは悔しそうに顔を伏せ、握《にぎ》り拳《こぶし》を小刻みに震わせる。

数秒の後に決心し、顔を上げて騎士に言う。

「町を頼んだよ！」

王太子の檄《げき》を受けた騎士は活力を取り戻し、大きな声で返事を返した。

◇◇◇

岬に着いたアインが見た別邸は無残だった。

以前の美しさは燃やし尽くされ、変わり果てた姿がそこにあった。

この近辺にも多くの魔物が居たものの、三人の敵ではない。少しも苦労しなかったし、別邸の現状を見て心に宿った痛みの方が重大だ。

「どうしてこんなことに……」

ディルが前に進んで言う。

別邸はこれまで見てきた民家よりも悲惨な状況だ。

地下室はどうだろう。

無事を祈るより行動するべきと、アインは海流を使おうとした。

「ッ――――ディル！　下がれッ！」

しかし何かに気が付いたアインが手を止め、慌ててディルを呼び戻す。

「アイン様、急にどうされ――――」

「いいから下がってテッ！」

強引にディルの手を掴《つか》み、足に力を込めて別邸から距離をとる。途中でロイドの身体《からだ》も掴んで離れたのだ。

わけを求める二人が間もなく、その理由を目の当たりにする。

別邸から一筋の光芒《こうぼう》が天を刺した。

光芒と言ってもまばゆい光ではなく漆黒で、周囲に紫色のどす黒い空気を漂わせる。

間もなく、アインの手前の地面にヒビが入る。

岬は瞬く間に崩壊し、別邸ごと海に崩落してしまった。

「俺の傍《そば》を離れないで」

アインは宙に手をかざした。

「あの空気は瘴気《しょうき》だ。俺の力が勝手に動いてる」

周囲の空気はすぐに浄化されていったが、あれは間違いなく瘴気だった
それもただの瘴気ではない。ロイドとディルもそれを見ただけで理解していた。

「なんて濃度の高い瘴気だ」

「父上……あれほどの瘴気が、どうしてここに」

「分からん。分からんが……無視できぬ事象だ」

アインは別邸の地下を失った事実もそうだが、別のことを考えて顔を背けた。

まだ騒ぎの収まらないマグナの町中を見下ろして、歯を食いしばる。

「あいつらだ」

間違いない、赤狐がやったんだ。

これまで見てきた魔物の姿もそうだし、わざわざ初代国王の別邸を海の藻屑《もくず》と化したのだ。間違いなく地下のことを知っての行動であろう。

「…………許せない」

もう、町の中では多くの犠牲者が生まれている。

建物ならいい。

けど民の命は帰らない。

アインはこれまで感じたことのない憤怒に身体を震わせ、空を見上げた。

「王家が憎いなら……俺を殺したいなら、俺だけを狙《ねら》えばいいだろ」

黒剣を抜くと、町の赤い光が鈍く反射した。

ふと、剣身にマルコの姿が映ったような気がして、柄《つか》を握る手に力が籠《こも》る。

「ア……アイン……様……？」

アインの足元から、凍った地面が広がっていく。

その光景にディルは息をのみ、まばたきを繰り返す。

「もう、これ以上好きにはさせない」

言葉につづき黒剣を天高く掲げた。

傍にいたディルとロイドは、海流の力を使うものだと思っていた――――が、違う。

それでは近くしか消火は出来ないし、今のアインは怒りにより、人知を超越した魔力を全身に宿している。

「お前が殺したい相手は……ここにいるぞッ！」

黒剣から白銀色の魔力が溢《あふ》れ出す。

アインが黒剣を地面に突き刺すと同時に、幾線もの光芒が周囲に現れる。

辺り一帯が冒険者の町バルトの冬に負けぬ極寒と化して、岬の地面は凍り付き、真下の海もまた凍り付く。

――――ギ、ギギギッ。

海面の氷にヒビが入ると、一斉に砕け散った。

砕け散った後から現れたのは氷の柱だ。しかしただの柱ではなく、それが茶色ければ樹《き》と見間違えるような外観だった。

たとえるならば氷の大樹か。

氷の大樹は瞬く間に高く高く伸びていき、数百メートルもの高さに到達する。頂点から氷の枝が伸びだすと、あっという間にマグナの町中を包み込んだ。

「こんなことが……ッ」

ロイドが驚きのあまりこう叫んだ。

こんなの、人の身でできるものではない。

まさに神の御業であると。

すぐさま氷の大樹に呼応するが如《ごと》く、町中の至る所から氷で出来た根が姿を見せる。根は蛍のように淡い光を放ち点滅するが、それは幻想の手で魔石を吸う時と同じ光り方だ。その証拠に、氷の根の中には町で暴れていた魔物の姿がある。

氷の大樹は成長をつづけ、幻想的な光景を作り出す。

「……アイン様」

声を漏らしたのはディルだった。

彼の脳裏をかすめたのはマルコとアインの戦いだ。

あの日のアインは急激な成長を遂げたが、その理由についてずっと考えていた。もし、もしもアインが魔王になっていたのなら……シルヴァードの口止めの理由も整合性が取れる。

目の前に広がる光景を見れば、もはやそれしか考えられなかったのだ。

「二人とも、行こう」

歩き出したアインが向かうのは、町の方だ。

「まだ魔物がいるかもしれない。俺たちが必要なはずだから」

その声を聞いた二人は同時に頷いた。

ふっ……と、彼らの手元に雪の粒が降りる。気が付くと、マグナ全体に雪が降っているではないか。

どうしてかと思って空を見上げると、氷の大樹が真夏の木々のように多くの葉を付けている。

葉と言っても、そのすべては冷たい雪だ。

雪を降らせる氷の大樹が、町中の炎を消火していたのだ。

これは氷龍の力を使った際のそれとは比較にならない勢いで、辺りをあっという間に白く染め上げてしまう。

「これはただの雪ではないようだな」

何とも不可思議な力だが、今は町の方が重要だ。

「アイン様の供をするぞ、ディル」

「はっ！」

◇　◇　◇

町の外にある丘の上で、氷の大樹を眺めていた男がいる。

「あぁ……あああああ何って素晴らしい力だ！　あのアーシェに劣らぬどころか、さらに上をいく可能性のある輝きではないか！」

火の粉がここまで届くというのに、彼が来ている白衣は汚れ一つない。

彼は眼鏡《めがね》の位置を直すと、天高くそびえたつ大樹を愛おしそうに見つめた。

「あの力を研究したい」

舌なめずりをして。

「身体《からだ》を切り、頭を開き、魔石の中をじっくりとじっくりと観察させてもらわなければ」

知識欲を隠さず言葉にした。

舞い落ちる特別な雪が手に届くと、彼はすぐさま口に含む。

味は……普通だ。

けど純粋な魔力を感じて、彼は両手で上半身を抱いて身体を震わせた。

これほどの甘美に身を震わせたのは久しい。

「……も、もういいでしょう！」

こう彼に声をかけた者がいる。

声の主はハイムの第一王子レイフォンが保有していた輩《やから》だ。

「私はレイフォン殿と！　そして貴方との約束を守った！」

「ええ、とても助かりました」

「今度はそっちが約束を守る番だ……！　私の家族を返してくれるんだろ⁉」

「そうですね、確かに私は約束しました。貴方がレイフォンから預かった魔道具を私に渡せば、貴方の家族だけは助けると。どうせレイフォンは約束なんて守りませんし、貴方たちがイシュタリカに捕まれば死罪は確定でしたからね」

現実は違い、エレナとウォーレンのやり取りで難を逃れている。

しかしここにいる者はそれを知らず、利用されていた。

「ああ！　あんたはオズっていう有名な研究者なんだろ⁉　だから信じたんだ！」

「光栄なことです」

そういうと、オズはニタッと笑い歩き出す。

「ご存じでしたか？　おおよその契約というのは、相手が死んだらなくなるものです」

「……へ」

「ご機嫌よう」

オズが男の顔に手を当てた。

すると彼の手から生じた瘴気《しょうき》が男を包み込み、男はあっという間に――――。

「濃厚な瘴気を吸ったのははじめてでしたか？　ああ、もう聞こえてないようで」

こと切れた男が地面に横たわるのを見て、オズは男を路肩の石のように踏んで、マグナから離れていった。

ああ、最高に機嫌が良い。裸になって王都を駆け巡りたいぐらいだ。

「昔話にはつづきがあるんですよ、殿下」

颯爽《さっそう》と歩きながら言う。

「研究熱心だった男は何かを知ることへの欲求が収まらなかった。大陸に残った彼は長い歴史の中に溶け込んだ。やがて人々を導いて『叡智《えいち》ノ塔』を建て、自分にとっての楽園を打ち立てたのですよ。――――そして」

と昔話はつづき。

「研究熱心だった彼――――いいえ、私は貴方と再会できた」

身体を震わせたのは辺りの寒さゆえか。

あるいは歓喜かもしれない。

「これは幕開けですよ、殿下。彼女も、いえ、長も貴方様に牙《きば》を剥《む》く頃《ころ》ですからね」

もう一度、氷の大樹を見上げて言う。

それから彼は、高らかに笑いながら姿を消した。

エピローグ

ハイムとの会談から数週間後。

雲一つない青空が広がった日のことだ。王都の港にある桟橋にて、木箱を背に腰を下ろしたアインの隣にクローネが座り、彼女が手に持っていた書類を読みだした。

「アインのおかげで、犠牲になった人は奇跡的に少なかった……ですって」

「……少なからずいるから喜べないけど、一人でも多く救えたのなら良かったと思う」

港町マグナは町全体が業火に包まれたと言っても過言ではないのに、犠牲者は本当に少なかったのだと報告が届いていた。

ちなみにあの日、氷の大樹は火が消えると同時に消えてしまった。

最後はアインの体力が限界を迎えたのだ。

「復興にはどのぐらいの時間がかかると思う？」

「きっと……以前の町並みを取り戻すのなら、二年ぐらいだと思うわ。先日、お爺様《じい》に聞いてみたらこう仰《おっしゃ》っていたもの」

アインが考えていたよりも短い時間だ。

何でもシルヴァード曰《いわ》く、王家としても全面的な復興を約束しているらしい。

当然と言えば当然だが、早急の復興に一役買うのは間違いない。

「双子にも助けられたね」

アインは沖で飛び跳ねた双子を見て笑う。

「ふふっ、カティマ様が『私のおかげだニャ』って言ってたわよ」

「確かにそうかもしれない。カティマさんが魔石をエサにしてくれてたのは……まぁ、戦力増加に繋《つな》がってたしね」

「お礼、私からしておく？」

「俺が言うよ。こういう時ぐらい素直に言わないとね」

するとアインはうんと背を伸ばした。

最近は仕事が多い。

マグナでの件もそうだが、ちょっとした繁忙期のようだったからだ。

「少し休む？」

とん、とん。

隣でクローネが自分の膝《ひざ》を叩《たた》いた。

「えっと……え？」

「分からないフリ？　それとも本当に分かってないのかしら」

「……どっちだろうね」

変に照れるのも違うかと、アインはゆっくりと身体《からだ》を倒す。

彼女の膝の上に頭を乗せて上を見上げると、嬉《うれ》しそうに見下ろしてくる微笑に迎えられた。陽《ひ》の光で眩《まぶ》しくないように、そっと頭を動かす気遣いがクローネらしい。

穏やかな海風が二人の頬を撫《な》でた。

小魚を狙《ねら》う鳥たちの声に耳を澄まし、目を閉じる。

こうしていると、いつの間にか寝てしまいそうだった。

「起こしてあげるから、寝てもいいのよ」

「よく分かったね。このままだと寝ちゃいそうだって」

「だって、アインのことだもの」

「そういうもん？」

「ええ、そういうものなの」

滑らかな手触りのクローネの手が、アインの頬をふっと撫でる。

彼女の香りが鼻孔を満たし、心を落ち着かせていく。

「けどこのまま話していたい気もするんだ」

「もう……わがままなんだから」

でもクローネは「ダメ」と言わず、微笑《ほほえ》んだ。

「今度、余裕が出来たらマグナに行きましょうね」

恐らくクローネはアインを気遣い、顔見せの機会を作ると言ったのだ。

すると。

「ほ、ほんとに!?」

喜んだアインは勢いよく身体を起こし、二人の体勢が崩れてしまう。

咄嗟《とっさ》に手を伸ばした二人は、桟橋の上に抱き着くような体勢で転がった。

「……アイン？」

「ごめん、つい興奮しちゃって」

添い寝のような距離感で、二人の顔は吐息が届くほど近い。

じっ――――と。

二人は何も言わずに互いを見る。

クローネは不満げで、アインは申し訳なさそうに苦笑してだ。

「このまま寝たら解決なのでは……？」

自然と漏れた言葉にアイン自身が驚くも、クローネはアインが言い直す前に腕を伸ばす。先ほどと逆にアインの手を枕にすると、そっと目を閉じてしまった。

「せっかくのお誘いだものね」

「いやその、無意識に言ってしまったというか」

「ここで間違いだなんて言われると、悲しくて泣いてしまうかもしれないわ」

確実に泣かないだろうが、偶《たま》にはこういう休日も悪くない……かもしれない。

「間違いではないと思うんだけどね……うん」

誰かに見つからないことを祈る必要はあるが。

とは言え、この状況に否定的なわけではないのだ。

◇　◇　◇

少し離れたところから、二人の様子を見てため息を吐《つ》いたディルが居た。

「はぁ……アイン様……場所を考えてくださいとあれほど……」

港に停泊中の漁船の上で、もう一度大きく大きくため息を吐く。

「お、おう……あのお二人のことは噂《うわさ》には聞いてたけどよ」

「恐れ入りますが、見なかったことにしてください」

「いいぜ。あんだけ世話になった殿下のことだ。俺ぁ何も見てないぜ！」

こう豪快に言ったのは、アインがサーペントフィッシュを買った屋台の店主だ。

彼が王都にいるのはアインに礼をするためだ。騒動が起こったときのアインの行いは、マグナの民全員が感謝する偉業であった。

そこで店主は、代表として王都へ足を運んでいたのだ。

積んでいる木箱には、魔道具で保冷した新鮮な魚が詰め込まれている。

「あちらを全部ですか？」

「おうよ！　町の漁師総出で獲《と》ってきたんだ！　すげえもんばっかり詰め込んでるぜ！」

「承知いたしました。もしよければ、後程アイン様の下にいかれては？」

「おー……魅力的だけどよ、早いうちに帰って復興作業に戻らねえとな」

ニッと笑った店主が日焼けした腕を組んで言った。

「っとと、忘れるところだったぜ。もし大丈夫だったらでいいんだけどよ……この手紙を殿下に届けてくれると助かる」

「これは？」

手渡された手紙を見ると、安価な封筒に拙い文字が書かれている。

「あの日、殿下に助けてもらった女の子からの手紙だ」

それならディルも覚えている。

「さすがに殿下に受け取ってもらうには不敬かもしれねーが……」

「いえ、アイン様はこうした手紙は大層喜ばれるお方です。恐らく御返事も書かれるかと思いますので、ご安心ください」

「おいおい！　さすがは俺たちの英雄様だぜ！」

最後にまた豪快に笑った店主に対し、ディルは「お気を付けて」と言って別れた。


桟橋に戻るとアインたちの姿は見えなくなったが、その方向を見て呟《つぶや》く。

「……今日ぐらいは見逃すべきでしょうね」

あの日の偉業を思えば何か言うのは無粋だ。

ディルは二人の下に邪魔が入らぬよう、場所を移して木箱の上に腰を下ろす。受け取ったばかりの手紙を青空にかざし。


「英雄にも心の休暇が必要ですから」

と、優しい声色を風に乗せた。

あとがき

著者の結城涼《ゆうきりょう》です。五巻をお手に取ってくださりありがとうございました。

今回はもう一つお礼をしたいことがございまして、四巻と同時発売だったコミックスの方が、お陰様で重版させていただくことができました。

このあとがきを書いている現在、三刷目まで重版させていただいております。

菅原《すがわら》先生が描く『魔石グルメ』を多くの方に読んでいただけたことの喜びは勿論《もちろん》ですが、私自身、原作者として大変喜ばしい限りです。

引きつづき原作と併せて、コミックスの方もどうぞよろしくお願い致します。


さて、話は変わり、つづく原作六巻についてです。

新たにアインが足を運ぶのは、クリスの生まれ故郷でもあるエルフの里。彼らエルフは他種族との交流の浅い種族ですが、クリスの家名の件もあり、また新たな物語がアインを待ち受けています。

過去に魔王を操ったという赤狐《あかぎつね》――その魔王へと進化を遂げたアイン。何百年も前からつづく数奇な因縁に対し、魔王となったアインはどう動くのか。イシュタリカに留《とど》まらず、世界中を巻き込む物語が繰り広げられます。

これまで同様、WEB版を改稿するだけでなく、新規に書下ろしも加筆して参ります。

「新たな魔石」も出てくる六巻も、皆様に楽しんでいただけるよう仕上げて参りますので、是非ご期待いただけますと幸いです。


最後になりますが、今回の五巻に携わってくださった皆様へお礼申し上げます。

今回、成瀬《なるせ》先生には魔王化後の大きくなったアインをカバーにも描いていただきました。

成瀬先生のお力添えがあってこその『魔石グルメ』です。いつも素敵な挿絵や口絵もいただきまして、感謝に堪えません。

装丁を担当してくださったデザイナーさんにも、心からのお礼を申し上げます。

つづけてお二人の担当編集さんにも引きつづきお世話になっております。お陰様で五巻まで続刊させていただき、本当に頭が上がりません。また書店様や流通に携わってくださった皆様、営業の方々を含むすべての方に、重ねてお礼を申し上げます。

そして、五巻をお手に取ってくださった皆様に、心からの感謝を伝えたく思います。

本当に本当に、ありがとうございました。


また六巻でお会いできることを願いまして、この五巻でのご挨拶とさせていただきます。

それでは、これからの『魔石グルメ』もどうぞよろしくお願い致します。

カドカワBOOKS

魔石《ませき》グルメ　5
魔物《まもの》の力《ちから》を食《た》べたオレは最強《さいきょう》！

2020年２月10日　初版発行
2020年６月５日　再版発行

著者／結城涼《ゆうきりょう》

発行者／三坂泰二

発行／株式会社KADOKAWA

〒102-8177
東京都千代田区富士見2-13-3
電話／0570-002-301（ナビダイヤル）

編集／カドカワBOOKS編集部

印刷所／大日本印刷

製本所／大日本印刷

●お問い合わせ
https://www.kadokawa.co.jp/（「お問い合わせ」へお進みください）
※内容によっては、お答えできない場合があります。
※サポートは日本国内のみとさせていただきます。
※Japanese text only

Printed in Japan
ISBN 978-4-04-073483-5 C0093